CARRÉ NOIR

COLLECTION SÉRIE NOIRE
créée par Marcel Duhamel

Nouveautés du mois

1938 — FOLIES D'INFÂMES
(PIERRE SINIAC)

1939 — MOI, J'AIME LE CINÉMA
(STUART KAMINSKY)

1940 — CANINE ET GUNN
(OPPEL & DORISON)

1941 — NID DE POULETS
(ED MCBAIN)

LIONEL WHITE

Un coup fumant

TRADUIT DE L'AMÉRICAIN PAR
ALAIN GLATIGNY

nrf

GALLIMARD

CHAPITRE PREMIER

Kosta avait débarqué le mardi de la dernière semaine de janvier.

Frank avait déjà quitté la maison pour se rendre à son poste d'essence, à l'autre bout de la ville, sur la nationale n° 1. Il était situé à deux rues du croisement de cette grande route nord-sud à quatre pistes avec la principale artère d'Indio Beach. Celle-ci, l'avenue des Orangers, se prolonge encore à l'est, sur cinq ou six kilomètres, et traverse les plus beaux quartiers d'habitation de la ville. Elle enjambe alors le fleuve sur le nouveau pont de ciment armé édifié aux frais de l'Etat de Floride, pour aboutir finalement en cul-de-sac, à la grande plage de l'Océan.

Kosta avait pris un taxi conduit par un chauffeur noir. Il était huit heures et demie du matin.

Assise toute seule dans le patio dallé, Kay en était à sa troisième tasse de café et à sa septième cigarette ; elle retardait le plus possible l'instant où elle devrait affronter la tâche qui l'attendait dans la grande cuisine à l'ancienne mode.

Elle avait à faire la vaisselle du petit déjeuner, plus celle de la veille au soir, où ils avaient reçu à dîner les Loxley, jeune ménage qui habitait à cinq cents mètres plus loin, sur l'étroit chemin de sable, et tenait une blanchisserie automatique dans Coral Street.

Comme eux, les Loxley résidaient à Indio Beach depuis relativement peu de temps.

Dans une agglomération du genre d'Indio Beach qui compte quatre mille trois cent cinquante et une âmes en été et neuf mille trois cent trente-deux en hiver, on distingue trois groupes bien caractérisés : d'abord les « indigènes », fixés là depuis longtemps (en Floride, « longtemps » s'applique aussi bien à dix ans qu'à toute une vie) ; ensuite les nouveaux venus dont l'afflux a presque fait doubler la population fixe de la ville depuis le début de l'ère de prospérité consécutive à la guerre. La troisième catégorie est formée par les hivernants et les touristes. La durée de leur séjour peut varier entre une semaine et quatre ou cinq mois. L'argent qu'ils dépensent permet à l'économie de la ville de se maintenir à un niveau stable et satisfaisant.

Frank et Kay appartenaient comme les Loxley au deuxième groupe ; il en était de même pour la plupart de leurs amis.

Selon les instructions formelles de Flood, ils s'étaient le plus possible mêlés aux « indigènes ». Ils avaient, un moment, espéré entrer aussi en relation avec les hivernants, du moins avec les plus liants d'entre eux. Mais les gens riches qui descendent du nord pour passer l'hiver en Floride ne sont généralement guère disposés à frayer avec le patron d'une station-service et sa blonde épouse, si mince, si séduisante et si distinguée soit-elle. Quant aux vieilles familles du cru, elles formaient un petit clan très fermé et manifestaient beaucoup de réserve, et même de froideur, à l'égard des nouveaux venus.

Le taxi s'arrêta devant la maison sur le sable tassé du chemin et Kosta en sortit, traînant avec lui une valise à bon marché en simili cuir. Il tendit un billet au chauffeur, lui fit signe de garder la monnaie et se tourna vers le patio en fer à cheval où Kay sirotait son café.

Sans avoir jamais vu Kosta, elle comprit tout de suite qui était le voyageur : Flood leur avait donné un coup de téléphone le dimanche soir pour leur annoncer l'arrivée de Kosta le mardi.

C'était lui l'incendiaire.

Avec une curiosité assez mitigée, Kay le regardait approcher lentement, péniblement, sur le sentier qui serpentait entre les arbres souffreteux. Sa lourde valise heurtait ses jambes courtes et le gênait dans sa marche. La maison était bâtie très en retrait de la route, au centre de ce qui avait jadis été une assez belle plantation de citronniers ; mais avec les années, ils avaient si bien dégénéré que les fruits n'en étaient plus vendables.

Pour la Floride, où toute habitation vieille de plus de vingt ou vingt-cinq ans est considérée comme un monument historique, la maison était ancienne. Construite pendant les années de prospérité qui avaient suivi la première guerre mondiale, c'était un monstrueux assemblage de planches et de plâtre dont l'architecture trahissait de vagues influences néo-mauresques.

C'était Flood qui l'avait découverte. Elle convenait admirablement à ses projets, car elle se trouvait dans un coin isolé, très en dehors de l'agglomération et comportait plus d'une douzaine de pièces. De plus (et c'était sans doute là son avantage essentiel), son loyer était des plus accessibles.

Kay s'était levée en voyant approcher Kosta ; elle alla lui ouvrir la porte au cadre tendu de toile métallique et remarqua que le trajet pourtant bien court qu'il venait de faire à pied avait suffi à lui faire perler au front de grosses gouttes de sueur. A vue de nez, elle lui donna une quarantaine d'années.

Il hésita un instant devant la porte et leva les yeux vers Kay.

— C'est bien vous la femme de Flood ?

Ces mots, il les avait presque murmurés, d'une voix au timbre grêle et aigu. Kay hocha affirmativement la tête. Sans autre commentaire, il passa devant elle et pénétra dans le patio.

Là, elle le conduisit à la seconde porte de toile métallique qui s'ouvrait sur un living-room carré, piètrement meublé. Il la suivit, et, sitôt dans la pièce, laissa tomber sa valise à terre, se dirigea tout droit vers un énorme fauteuil de rotin et s'y affala. Il ôta son chapeau, prit un mouchoir dans sa poche intérieure, et s'épongea le front. En respirant, il faisait un bruit bizarre, comme un asthmatique.

— On ne vous attendait que ce soir, observa Kay.

Il ne lui répondit pas, trop absorbé par les efforts qu'il faisait pour reprendre son souffle.

Les yeux du nouveau venu la frappèrent tout de suite : ils étaient anormalement grands et avaient une couleur bizarre, dans les tons feuille-morte ; ils étaient si exhorbités qu'elle n'eut pas de peine à y reconnaître un symptôme de déséquilibre thyroïdien. C'étaient des yeux extrêmement expressifs, mais on ne pouvait pourtant deviner au juste ce qu'ils exprimaient. Ils évoquaient vaguement, pour Kay, le regard d'une personne, ou plutôt d'un animal, très malade. Ils n'imploraient ni la sympathie , ni même la compréhension, mais semblaient refléter une profonde souffrance intérieure.

Kosta avait des sourcils si pâles qu'on les distinguait à peine ; pourtant ses cheveux mal coupés étaient d'un blond foncé. Son visage blafard était parfaitement glabre. Il ne mesurait qu'un mètre soixante-deux ou trois, soit près de cinq centimètres de moins que Kay. Son obésité le rapetissait encore.

— Je suis venu en car, dit-il. Vous parlez d'une partie de plaisir ! (Il zézayait très légèrement.) Il aurait voulu que je prenne l'avion. Des clous ! J'ai encore préféré partir deux jours plus tôt par le car.

Elle hocha la tête, allongea la main vers un cendrier et y écrasa sa cigarette.

— Pas moyen de roupiller là-dedans ! Je n'ai pas pu fermer l'œil.

Kay le regardait en s'efforçant de compatir aux malheurs de Kosta.

— Votre chambre est prête, dit-elle. Voulez-vous faire un peu de toilette ? Pendant ce temps-là, je vais téléphoner à Frank pour lui dire que vous êtes arrivé.

Il s'épongea la nuque avec un mouchoir dont elle ne put s'empêcher de remarquer la saleté. Il en fit un tampon et s'y moucha bruyamment.

— Avez-vous pris votre petit déjeuner ? demanda Kay.

Il la regarda comme s'il n'avait pas bien compris sa question, puis secoua lentement la tête.

— Non, pas de petit déjeuner pour moi.

Il se tira péniblement hors de son fauteuil. Il avait de petites mains potelées, comme celles d'un bébé. Après ce temps d'arrêt, il reprit :

— Mais je boirais bien un coup.

— Venez dans la cuisine, proposa Kay. Je vais vous servir à boire.

A la suite de la jeune femme, il sortit du living-room, traversa la salle à manger à peine meublée qui ne servait jamais et s'engagea dans le long corridor qui menait à la cuisine, située sur le derrière de la maison. Une grande table, posée sur des tréteaux, se dressait au milieu de la pièce, entourée d'une demi-douzaine de chaises à dossier droit. D'un pas chancelant, il alla s'asseoir directement sur la plus proche.

Kay alla à l'égouttoir, près de l'évier, où se trouvait toute la vaisselle sale du dîner de la veille ainsi qu'une demi-douzaine de bouteilles entamées contenant des alcools variés, plusieurs bouteilles d'eau gazeuse vides et un seau à glace où les cubes avaient fondu jusqu'au dernier.

— Annoncez la couleur ! dit-elle.

— Vous avez du gin ?

Kay répondit affirmativement, et lui demanda comment il voulait le prendre.

— Sec.

Elle attrapa la bouteille de gin à moitié pleine qu'elle avait omis de reboucher la veille, quand elle avait préparé les cocktails, et lui en servit une double ration dans un verre à Martini. Elle alla prendre une bouteille d'eau minérale dans le réfrigérateur tout neuf et en emplit un second verre qu'elle posa avec le premier sur la table, devant son hôte. Elle ne put s'empêcher alors de remarquer les relents de tranpiration qui flottaient autour de lui en moites effluves.

Elle retourna à l'évier et se versa un whisky allongé d'eau gazeuse. Elle l'avait fait presque machinalement, tout en se reprochant, dans son inconscient, de se mettre à boire si tôt dans la journée.

Il est vrai que les circonstances étaient exceptionnelles. Quand elle se retourna, le verre à la main, pour trinquer avec Kosta, elle vit qu'il avait déjà lampé tout son gin. Il ne toucha pas au verre d'eau.

— Je remettrais bien ça, déclara-t-il.

Kay reposa sur la table le verre auquel elle n'avait pas encore touché et alla prendre celui de Kosta. En le lui rapportant, rempli de nouveau, elle eut soin de lui passer la bouteille, ce dont il parut lui savoir gré.

Il avala d'un trait son deuxième verre de gin pur avec une légère grimace. Il leva ensuite les yeux vers Kay.

— Vous êtes seule ?

Elle hocha affirmativement la tête.

— Je vais téléphoner à Frank que vous êtes arrivé, dit-elle.

Au moment où elle sortait de la cuisine, elle le vit empoigner la bouteille.

Le téléphone se trouvait dans une pièce primitivement destinée à servir de lingerie et qui donnait dans le corridor joignant la cuisine à la salle à manger. Debout près de la petite table où était posé l'appareil, Kay composa un numéro. Elle guetta le bourdonnement de la sonnerie à l'autre bout de la ligne. Trois coups brefs... un silence... puis de nouveau trois coups...

Elle attendit ainsi plusieurs minutes, mais sans impatience. Elle savait que Frank pouvait fort bien se trouver retenu près des pompes à essence pour servir un client. Ham ne devait pas encore être arrivé et

Frank était obligé d'assurer à lui seul tout le service de la station d'essence.

Elle attendit près de quatre minutes, avant de l'entendre enfin décrocher.

— Station-service Harper, annonça-t-il d'une voix nette et commerciale.

— C'est toi, Frank ? Ici Kay. Ton oncle vient d'arriver.

Ils avaient beau ne pas partager leur ligne avec d'autres abonnés, elle ne voulait pas courir de risques inutiles.

Ils raccrochèrent en même temps sans ajouter quoi que ce soit.

*

Frank Gerald Harper raccrochait son téléphone et se préparait à sortir quand une sonnerie aiguë tinta dans le bureau. C'était le timbre que déclenchait le passage des autos sur un tuyau de caoutchouc reliant la porte du petit bureau au rebord du trottoir. On était ainsi prévenu qu'un client venait de s'arrêter devant les pompes.

Frank aperçut un cabriolet Cadillac bleu dont la capote était rabattue. Un gros homme au visage rougeaud tenait le volant. Une jeune personne qui aurait pu être sa fille, mais semblait en réalité tout autre chose, se serrait contre lui, et ils parlaient ensemble à mi-voix.

Frank fit le tour de la voiture, remarqua distraitement un numéro minéralogique de New York et s'approcha du conducteur.

— Faites-moi le plein et vérifiez l'huile !

L'homme ne s'était même pas donné la peine de regarder le pompiste ; il avait lancé son ordre d'une voix indifférente et presque insolente.

Avec un sourire forcé, Frank allongea la main vers le tuyau accroché à la pompe étiquetée *Super.* Six mois plus tôt, il aurait été vexé de s'entendre adresser la parole sur ce ton brutal et dédaigneux, mais maintenant tout ce qu'il voyait c'était que quatre ou cinq dollars allaient tomber dans son tiroir-caisse. Le plus marrant, c'était que ça lui faisait plaisir ! Et pourtant, ça ne représentait rien pour lui. Il aurait dû s'en foutre éperdument.

Il souleva le capot d'un geste machinal, vérifia le niveau d'huile (il n'en manquait pas) puis le radiateur et la batterie. Il essuya le pare-brise pour le débarrasser de toute une collection de moucherons morts, et de poussières. Il versa soixante litres dans le réservoir, prit le billet de dix dollars que lui tendait l'homme au visage rougeaud, alla inscrire la recette à sa caisse enregistreuse, et rapporta la monnaie.

— Merci, dit-il. Et à une autre fois !

Quand la Cadillac démarra, ses roues arrière firent une fois de plus sonner le timbre avertisseur.

Frank rentra dans son bureau. Il ne pensait plus à la Cadillac, ni à l'homme au visage rougeaud, ni même à la jolie petite brune qui l'accompagnait. Il pensait au coup de téléphone qu'il venait de recevoir de Kay.

— Ainsi, il est arrivé ! murmura-t-il.

Depuis quelque temps, il avait pris l'habitude de se parler ainsi tout seul à mi-voix.

Harper était grand et mince. Il avait un peu plus de trente ans, de larges épaules, des hanches étroites, un ventre plat et le teint hâlé et sain d'un homme qui a toujours su garder sa forme. Ses cheveux étaient un peu trop foncés pour pouvoir être qualifiés de blonds. Il avait de grands yeux bleus largement fendus, dans un visage maigre aux pommettes hautes. Sa bouche était peut-être un peu trop accentuée, mais son menton, rasé de la veille, était ferme et carré.

Il se laissa tomber dans le vieux fauteuil manchot qui faisait face au bureau et regarda la pendule électrique accrochée au mur. Il était tout juste neuf heures. Il se remit à parler tout seul, dans un murmure à peine perceptible.

— Ce foutu Ham va encore trouver moyen d'arriver en retard ! sacra-t-il tout bas. Aujourd'hui, ça tombe plutôt mal...

Les mots lui étaient à peine sortis de la bouche, qu'il entendit un bruit de ferraille caractéristique. C'était la vieille camionnette Ford qui se rangeait devant le poste d'essence dans un grincement de tôles disloquées. Un instant plus tard, Ham Johnstone claquait bruyamment la portière. Sa large face noire était fendue par son habituel sourire d'excuse. Il contourna le poste et entra dans le bureau.

— Bonjour, patron, fit-il.

Frank leva la tête et regarda de nouveau la pendule.

— Encore en retard, nom de Dieu !

Le noir voulut s'excuser.

— Inutile, te fatigue pas. Faut que je retourne un petit moment à la maison : mon oncle vient d'arriver pour nous faire une visite. Occupe-toi de ce qu'il y a à faire. Il y a deux chambres à air à réparer. Surveille bien les pompes, et surtout ne touche pas à la caisse enregistreuse ! Je laisserai le tiroir ouvert ; tu n'auras qu'à rendre la monnaie et à inscrire les recettes.

Le noir n'avait pas cessé d'acquiescer du chef à toutes les paroles de Frank.

Une minute plus tard, Frank avait quitté la station-service. Il courait à sa Chevrolet et allait en ouvrir la portière quand une voiture de police ralentit et vint s'arrêter juste devant la première pompe. Frank leva les yeux en souriant.

— Salut, petite tête !

— Ça va, Waldo ? dit Frank.

Il alla s'accouder à la portière de la puissante conduite intérieure beige. Un gros phare rouge sur le toit, une robuste antenne et une sirène chromée sur l'aile avant indiquaient clairement son usage. A cela près, c'était une Ford de série ; mais derrière la banquette avant, une carabine automatique et un lot de bombes à gaz lacrymogènes étaient fixés à un râtelier.

Le brigadier Waldo Harrington s'étira en bâillant. Il était seul dans la voiture.

— Il va faire chaud, remarqua-t-il.

Frank hocha la tête.

— Je quitte mon service à midi, continua le brigadier. Je m'étais dit qu'on pourrait aller faire un tour sur la plage tous les deux et pêcher un peu au lancer. Il paraît que le maquereau donne bien en ce moment.

Frank secoua la tête.

— Je n'aurais pas demandé mieux, mon vieux, mais aujourd'hui, il n'y a pas moyen. Mon oncle vient de débarquer du Nord. Il faut que j'aille l'installer.

Harrington appuya sur son démarreur.

— Tant pis, dit-il. Ça sera pour une autre fois.

Il s'éloigna du poste d'essence, en bâillant toujours. Frank monta dans sa Chevrolet et démarra en direction du nord. Au troisième croisement, il tourna à gauche dans l'avenue des Orangers, traversa la grand-route côtière de Floride, et, trois maisons plus loin, dénichant une place libre presque en face de la banque, il vint s'y ranger. Il arrêta son moteur et descendit de voiture, en cherchant de la monnaie dans sa poche. Il glissa deux pièces dans le compteur de stationnement, traversa le trottoir et franchit la porte de la banque.

La Banque des producteurs d'agrumes était le seul bâtiment à trois étages de toute la ville. Cet imposant édifice, qui attestait la prospérité d'Indio Beach, se dressait au carrefour de l'avenue des Orangers et de la rue des Seminoles, en plein cœur du quartier des affaires. Avec son capital de douze millions de dollars et son affiliation au Système fédéral de réserve, c'était un établissement aussi inébranlable que le rocher de Gibraltar. Sa réputation, sa solidité étaient incontestables.

Un peu après neuf heures, ce mardi-là, le grand hall de faux marbre, qui venait d'être refait et doté de la climatisation, était rempli de monde. On y voyait surtout des cultivateurs au teint basané venus de l'arrière-pays dans leurs vêtements de travail et coiffés de larges chapeaux de cow-boys. Frank reconnut une douzaine de producteurs d'oranges et de pamplemousses établis dans la partie est du comté. Il y avait aussi quelques ménagères, et une demi-douzaine de messieurs bronzés à la panse rebondie, vêtus de chemisettes de sport. Il reconnut aussitôt en eux des touristes venus du nord.

Hal Morgan, le fondé de pouvoir de la banque, était installé à son bureau, derrière le comptoir, immédiatement après l'entrée. Il parlait à une grande femme osseuse qui le regardait d'un œil embué et sceptique. Hal leva la tête et sourit à Frank au passage. Frank lui répondit par un signe de tête amical accompagné d'un petit salut de la main et se dirigea vers une série de grandes tables placées au centre du hall. Tirant un portefeuille de sa poche revolver, il y prit trois chèques qu'il endossa et dont il rédigea le bordereau. C'étaient de petits chèques, l'un de trois dollars cinquante ; l'autre de dix dollars ; le dernier de douze dollars trente.

Il passa devant les guichets de six caisses et s'arrêta au tout dernier, au fond du hall. Une inscription en lettres d'or annonçait : *Miss Simpson.*

Miss Simpson était caissier principal. Agée de quarante-six ans, affligée d'une maigreur squelettique, elle dissimulait derrière des lunettes à monture d'or un visage osseux et boucané. C'était une employée exceptionnellement capable.

Sans la deuxième guerre mondiale, Mary Lou Simpson n'aurait sans doute jamais été autre chose qu'une sténo-dactylo, ou peut-être une vendeuse de grand magasin. Mais la guerre était venue et la Banque des producteurs d'agrumes, comme toutes les banques du pays, avait brusquement souffert d'une pénurie aiguë de main-d'œuvre masculine. Elle avait donc engagé Miss Simpson, et d'emblée celle-ci avait fait preuve d'aptitudes exceptionnelles. Après une douzaine d'années de service, elle était devenue l'un des principaux piliers de l'établissement ; il était même question de la faire siéger un jour au conseil d'administration.

C'était seulement la deuxième fois que Frank s'adressait à son guichet, mais elle le reconnut aussitôt, et l'accueillit avec un sourire amical, quoique réservé.

— Bonjour, monsieur Harper. Ça fait plaisir de vous revoir !

Frank lui rendit son sourire et lui passa sous la grille ses chèques et son bordereau de versement. Tout fut réglé en moins d'une minute et demie et il s'apprêta à sortir de la banque.

Depuis maintenant trois mois qu'il avait repris le bail du poste d'essence que son prédécesseur avait laissé péricliter, il s'était habitué à passer à la banque au moins deux ou trois fois par semaine. Il choisissait chaque fois un jour, une heure et un guichet différents. Maintenant il connaissait tout le train-train de la banque sur le bout du doigt — dans la mesure, évidemment, où cela était possible à un profane voyant les choses du dehors.

Au moment où il franchissait les doubles portes de verre dont l'ouverture et la fermeture étaient commandées par une cellule photo-électrique, il croisa Sam Loxley.

— Tu parles d'une fiesta, hier soir ! dit Sam avec un large sourire.

C'était un petit homme brun et sec, qui approchait de la trentaine.

— Oui, on a bien rigolé.

— N'oublie pas qu'on remet ça à la maison vendredi. On vous apprendra la canasta, pour de bon, cette fois.

— Malheureusement je ne sais pas trop si ça sera possible, dit Frank. On va peut-être être forcés de se décommander, Kay et moi. Mon oncle est arrivé ce matin et ça risque de modifier nos projets. C'est pour ça que je rentre à la maison maintenant.

— Et après ? Tu n'as qu'à l'amener, ton oncle ! Plus on est de fous, plus on rit.

Frank hésita une seconde.

— Je me demande..., dit-il. Il paraît qu'il ne va pas trop bien. Je ne sais pas si...

Sam cessa de sourire et prit un air compatissant.

— Le pauvre ! dit-il. Mais notre invitation tient toujours. De toute façon, Kay et Alice pourront se téléphoner.

Il dit au revoir à Frank et fit demi-tour pour pénétrer dans la banque. Frank redescendit sur le trottoir, ouvrit la portière de sa voiture et s'installa au volant, mais il dut s'arrêter un moment au seul feu rouge de tout le centre. Après quoi, il s'engagea à droite dans l'avenue des Orangers et la suivit jusqu'à la limite de la ville, une trentaine de rues plus loin.

Il coupa une grande avenue latérale qui menait vers le sud, parcourut encore deux kilomètres, tourna une fois de plus sur sa droite et continua à rouler pendant une dizaine de minutes. On ne rencontrait que peu de maisons sur cette route et pas du tout de voiture. Il vira ensuite à gauche et s'engagea dans un étroit chemin de terre peu fréquenté, qui se terminait par un cul-de-sac. Il dépassa plusieurs plantations d'orangers, sans rencontrer aucune maison, et arriva à la hauteur de la gentille villa moderne que les Loxley s'étaient récemment fait construire.

Alice Loxley étendait du linge dans sa cour. La petite Bitty, bébé de trois ans aux cheveux dorés, jouait dans un panier, aux pieds de sa mère. Alice adressa un signe amical de la main à Frank.

Celui-ci le lui rendit sans s'arrêter et parcourut encore cinq cents mètres, avant de s'engager dans l'allée qui contournait la vieille maison pleine de coins et de recoins où il vivait avec Kay, dans une parfaite respectabilité, sous le nom de M. et Mme Frank Gerald Harper.

Kay se tenait debout dans l'allée, devant la porte de service. Ses longues jambes étaient nues ; elle portait un short bleu pâle et un soutien-gorge du même ton moulait ses seins hauts et fermes. Sa peau à la teinte chaude et dorée avait un aspect irisé, chatoyant. Les pointes de ses longs cheveux couleur de blé mûr étaient roulées à l'intérieur autour de sa tête et sa frange ne dissimulait pas complètement son front haut. Malgré le désordre de sa coiffure, elle était extrêmement séduisante.

Ses yeux étaient d'un bleu tirant fortement sur le vert. Son visage était un rien trop long et trop maigre pour qu'on pût le qualifier de beau, au sens classique du terme, et sa bouche aux lèvres charnues et bien dessinées était peut-être légèrement trop grande, mais elle respirait la santé. Les femmes elles-mêmes lui trouvaient beaucoup de charme. Quant aux hommes, ils la jugeaient sensationnelle.

Elle avait exactement l'air de ce que toutes leurs relations d'Indio Beach croyaient qu'elle était : c'est-à-dire de la jeune et jolie épouse d'un beau garçon qui, après sa démobilisation, se lançait dans le commerce pour s'établir et fonder une belle petite famille qui ferait honneur à la petite cité.

— Il est arrivé ! dit Kay, au moment où Frank arrêtait son moteur. Il est saoul comme une bourrique !

*

Kosta se tenait debout près de la fenêtre. Un caleçon couvrait seul sa rondouillarde anatomie. Il n'était pas saoul. Il n'était jamais saoul, du reste. L'alcool provoquait chez lui des phénomènes variés, mais ne compromettait jamais, si peu que ce fût, sa lucidité.

Kay l'avait conduit dans une chambre du premier étage ; sitôt la porte refermée, il s'était déshabillé. Il voulait causer avec Frank, mais ça pouvait attendre. Pour le moment son seul désir était de s'étendre et de se reposer. Tout alangui par le gin, il ne sentait plus maintenant en lui cet étrange besoin de se dépenser qui le faisait agir, même et surtout lorsqu'il était physiquement éreinté.

Il était allé à la fenêtre pour tirer le store de façon à plonger la pièce dans l'ombre. C'est ainsi qu'il eut l'occasion de jeter un coup d'œil au-dehors et de voir Frank et Kay déambuler sur le sentier conduisant au garage situé à une soixantaine de mètres derrière la maison.

Frank avait passé un bras autour de la taille de la jeune femme, d'une façon quasi négligente, mais très révélatrice de leur intimité. A les voir ainsi tous deux, Kosta devina sans peine la nature de leurs relations.

Son expression habituellement flegmatique se modifia tout à coup. Une lueur étrange — on eût presque dit un éclair de concupiscence — s'alluma dans ses yeux globuleux.

— Flood va avoir une belle surprise ! marmonna-t-il entre ses dents.

Il fit demi-tour et, quittant la fenêtre, alla se jeter

sur le lit, sans même se donner la peine de le découvrir.

Il ne tarda pas à sombrer, une fois de plus, dans cette demi-rêverie étrange et grisante où se déroulait la majeure partie de son existence.

*

Sam Loxley, qui s'était contenté de s'installer dans un fauteuil pliant et avait passé le plus clair du temps à ouvrir des boîtes de bière bien fraîche, et Jim Dexter, le charpentier du cru que Frank avait embauché pour l'aider à faire le travail, avaient tous deux bien rigolé avec cette histoire de garage.

— Tu es comme tous les gens qui débarquent du Nord, lui avait dit Sam, qui pour son compte, n'avait guère passé qu'un peu plus d'un an en Floride. Vous êtes aussi cinglés les uns que les autres. Mais, nom d'un chien ! chez nous, du moment qu'il y a un toit, c'est bien suffisant.

Jim Dexter, lui, était payé pour cette besogne ; il ne s'était donc pas prononcé nettement ni dans un sens ni dans l'autre. Mais il était clair qu'à son avis Frank perdait son temps.

Frank avait essayé d'expliquer son point de vue à Sam.

— Tâche donc de comprendre, lui avait-il dit : je vais sans doute avoir quelques réparations à faire par-ci, par-là. Tu vois bien que le poste d'essence n'est pas assez grand, bon sang ! Je voudrais pouvoir caser une ou deux bagnoles ici. Cette vieille grange, une fois retapée, me sera bien commode, pour bricoler à mes moments perdus.

— A quoi ça sert de la fermer ? avait demandé

Sam. Tu te casses la tête pour rien. Du moment qu'il ne pleut pas sur tes bagnoles, c'est tout ce qu'il faut.

Frank lui avait expliqué qu'il se sentirait plus tranquille de savoir qu'en son absence les voitures des clients seraient sous clé. Il avait donc continué à exécuter les instructions de Flood, et avait transformé la vieille grange en ruines en un garage hermétiquement clos, capable de contenir trois voitures et un établi de dimensions respectables. Frank avait fait poser de grandes portes à glissières et percer une unique fenêtre de petites dimensions, très haut dans le mur du fond. Pour la fenêtre, Jim lui même s'était récrié.

— Mais vous allez cuire, quand vous travaillerez là-dedans m'sieur Harper ! Chez nous, on a besoin d'air. Attendez seulement l'été : vous verrez l'effet que ça vous fera, rien que d'entrer dans votre garage !

Mais Frank n'en avait pas moins tenu bon, quitte à passer pour un imbécile aux yeux des autres. Flood avait exigé qu'il y eût un garage derrière la maison, et c'était là une raison amplement suffisante.

Kay et Frank passèrent devant la porte du garage et contournèrent le petit bâtiment sur la gauche. Deux chaises de jardin et une table d'acajou délavée par les intempéries étaient disposées sous un grand caoutchoutier, à quelques mètres du garage. Ils s'y assirent.

— Non, disait Frank, je ne l'ai jamais vu, mais je le connais très bien. C'est le meilleur incendiaire du pays. D'ailleurs, si ce n'était pas ce qu'il y a de mieux, Flood ne l'aurait pas embauché.

— Mais, si tu le voyais, Frank ! protesta Kay. Il a l'air incapable de sortir seul dans la rue. Et ses yeux !

On le croirait échappé d'une maison de fous. Il y a quelque chose de maladif, de malsain chez lui. Il me fait une peur affreuse.

— Forcément, mon chou, dit Frank. N'oublie pas qu'il est complètement sonné, le frangin ! Flood n'aurait même pas besoin de le payer : il fait son boulot par plaisir. C'est ça, sa grande jouissance à lui, c'est de voir griller les gens.

Un frisson la secoua et, de la tête, elle fit un signe de doute.

— Dieu merci, c'est toi que ça regarde, dit-elle. Mais tu feras bien de le dessaouler et de lui dire de se changer, avant de le promener en ville. Ses frusques puent. Tel qu'il est, les flics l'embarqueraient, rien que pour le principe.

— T'en fais pas pour lui, dit Frank. Tout se passera très bien. Je vais le laisser se reposer et, dès cet après-midi, je l'emmènerai faire un tour. On n'a pas le choix. Paulmeyer débarque demain, et il va falloir que j'aille le voir à Fort Pierce. Je dois lui montrer les plans et régler tous les détails avec lui.

— Paulmeyer ? répéta Kay. C'est lui le...

— Le roi de la dynamite, exactement, dit Frank.

Il se retourna soudain dans son fauteuil pour contempler la jeune femme en face. Son visage était très calme, mais une lueur malicieuse brillait dans ses yeux.

— Ça m'emmerde quand même drôlement que tu doives aller à Palm Beach, tu sais, mon chou. Je donnerais cher pour que tu ne sois pas forcée d'aller voir Flood demain.

Elle saisit la main de Frank et la serra tendrement. Elle s'efforçait de paraître naturelle et désinvolte, pour dissimuler l'anxiété que trahissait sa voix.

— Ne t'en fais pas pour Flood, assura-t-elle. Je m'en charge.

— Il n'a pas encore trouvé son maître, protesta Frank. Je sais ce que je dis. Ça fait assez de temps que je le fréquente, bon Dieu !

Il regardait à terre, entre ses pieds, les yeux mi-clos, des rides soucieuses autour de la bouche.

— Je ne pige toujours pas pourquoi il t'a envoyée ici avec moi. Il devait bien se douter…

— Lui ? coupa-t-elle. Penses-tu ! Tu le connais ; il est bien trop sûr de lui. Il croit que personne n'aura jamais le culot de le doubler. Il n'a pas l'habitude de se laisser voler.

— Je sais, fit-il. Les femmes, il les garde jusqu'à ce qu'il en ait marre ; après il les balance.

La main de Kay se rétracta soudain. Ses yeux avaient pris une expression douloureuse.

— On avait pourtant convenu de ne pas parler de ça, Frank, dit-elle.

— D'accord, d'accord. On n'en parle pas. Mais je peux quand même te dire une bonne chose : sitôt le coup fait, moi je me tire. Et définitivement. On pourra filer ensemble.

Elle leva les yeux vers lui. Sa main reprit celle du jeune homme.

— C'est entendu, Frank. On le laissera tomber, tous les deux. Tu vois bien qu'il n'y a pas à t'en faire pour lui. Ça ne sera plus long maintenant : rien que jusqu'à samedi. D'ici là, il ne peut rien arriver. Tu connais Flood ; en ce moment, il a une idée fixe : son coup fumant, la grande affaire de sa vie. A côté de ça, rien ne compte pour lui.

Il se pencha pour lui poser un baiser rapide sur les lèvres.

— N'empêche que j'aimerais mieux que tu ne sois pas forcée d'aller le voir, dit-il.

Ils se levèrent et regagnèrent la maison, la main dans la main.

— Je vais monter voir Kosta, dit Frank en arrivant devant le perron. Saoul ou pas, il faut qu'il se lève. Je tiens à ce qu'il vienne faire un tour en ville cet après-midi. Et puis, je veux lui faire voir les plans...

— Et moi, il faut que je finisse cette sacrée vaisselle ! soupira Kay. Alice doit amener ses gosses cet après-midi et j'ai promis d'aller à la plage avec eux.

Elle attira soudain Frank tout contre elle et lui passa les bras autour de la taille, les lèvres offertes au baiser du jeune homme.

— Ne te tourmente plus jamais pour Flood, chuchota-t-elle.

CHAPITRE II

Rien ne lui convenait. Ni le climat indolent et chaud, ni sa chambre louée pour une semaine au premier étage d'une pension pour touristes, ni le restaurant où il prenait ses repas deux rues plus loin. Tout lui déplaisait dans cette villégiature forcée, et particulièrement la longue marche à pied qu'il avait dû faire depuis la gare.

C'était un vieil homme. Il avait largement dépassé soixante-dix ans et était attaché à ses petites habitudes. Il ne s'était jamais marié et, depuis longtemps, il avait oublié qu'il avait eu une famille. Sans amis, sans camarades, il avait toujours vécu seul et finissait par ne plus pouvoir supporter le moindre changement. Aucun être humain n'avait d'importance à ses yeux et il ne supportait qu'à contrecœur les rares personnes auxquelles il était contraint d'avoir affaire au cours de sa vie solitaire.

Il ne connaissait pas — et ne désirait nullement connaître — les gens avec lesquels il allait avoir à travailler. Il n'éprouvait à leur égard ni curiosité ni sympathie. Flood qui l'avait embauché et était le seul qui comptât quelque peu à ses yeux, représentait pour lui quinze mille dollars en liquide, puisque telle était la somme qu'il devait toucher pour sa participation au grand coup.

Il ne restait plus que bien peu d'hommes comme lui dans le monde et il le savait. Il connaissait sa propre valeur. C'était l'unique raison qui l'avait déterminé à marcher avec Flood, quand celui-ci l'avait contacté. Aussi, lorsque Flood lui avait proposé de travailler au pourcentage, il avait répondu que Flood pouvait se foutre son pourcentage quelque part. Ses conditions, à lui, c'était quinze mille dollars, payables d'avance. Sinon, rien de fait.

Et il avait gagné. Flood avait été forcé d'en passer par ses exigences.

A défaut d'amitié, Flood lui inspirait un certain respect. Dans sa partie, Flood était une sorte d'expert. Pas un grand spécialiste, non ; mais au moins il connaissait son affaire.

Avec ses yeux délavés, ses mains noueuses aux veines saillantes, sa poitrine creuse et sa grande carcasse voûtée et efflanquée, ce vieil homme, lui, était un spécialiste. Il connaissait son métier de A à Z. Il avait fait un apprentissage de plusieurs années en Bavière, dans une fabrique d'outils ; il y avait appris, et bien appris, son métier, et ne l'avait plus jamais oublié.

En arrivant aux Etats-Unis, il avait travaillé dans un chantier de constructions navales, et, plus tard, dans une fabrique de coffres-forts. C'était là qu'il avait acquis la deuxième partie de sa formation technique.

Bien des années plus tard, alors qu'il avait achevé depuis longtemps déjà sa première peine de prison, il s'était intéressé aux explosifs. Il était passé maître dans la délicate technique qu'exige leur manipulation. Il y avait apporté la même application consciencieuse que pour acquérir ses autres talents.

Il n'oubliait jamais rien et avait gardé intacte l'étonnante dextérité qui avait fait de lui un véritable artiste dans sa partie. Sa dernière détention, malgré sa longue durée (quinze ans de travaux forcés) ne lui avait nullement fait perdre la main.

C'était l'un des tout derniers casseurs de la vieille école. Jamais, au cours de toute sa carrière, il ne s'était encombré d'un pistolet dont il ne voyait pas d'ailleurs la nécessité. Il ne comprenait ni n'approuvait les mœurs des nouvelles couches de casseurs et de truands. Il était un malfaiteur et le reconnaissait volontiers, mais il appartenait à une autre génération, à une autre époque, à une ère aujourd'hui révolue.

Maintenant c'était un très, très vieux bonhomme. Ce coup-ci serait sans doute son dernier casse. Avec ce qu'il avait déjà économisé et prudemment placé en fonds d'Etat, les quinze mille dollars de Flood assureraient le pain de ses vieux jours jusqu'à sa mort.

Sitôt son boulot terminé, il reprendrait le premier train pour le Nord, et regagnerait la petite ville où il était propriétaire d'une minuscule villa. Il chaufferait ses vieux os au soleil, sur son perron, convaincu que pour lui, tout était réglé et qu'il n'avait plus qu'à attendre paisiblement la mort. Plus besoin de se tracasser dans la crainte de finir ses jours à l'asile.

Il avait toujours été très fier, et il l'était resté. Il entendait ne dépendre de personne. Ses besoins étaient des plus modestes : avec un toit au-dessus de sa tête, de quoi pouvoir acheter en abondance le genre de victuailles qu'il aimait préparer lui-même, un petit verre de schnaps de temps en temps, pour la digestion, et beaucoup de musique : il était heureux.

Il allait à New York chaque fois qu'on y donnait un opéra de Wagner ou un récital de Beethoven. C'était sa passion. Entre deux concerts, il la satisfaisait avec un excellent pick-up et une belle collection de disques. C'était son seul luxe, la seule chose qui ne fût pas strictement nécessaire à l'existence, pour laquelle il consentît à dépenser de l'argent et à dissiper ses réserves décroissantes de désirs.

Mais, pour le moment, il restait là, assis dans cette chambre de location, les pieds enfoncés dans une paire de pantoufles usées, son vieux corps las drapé dans une robe de chambre fanée. Il attendait.

Flood lui avait dit que ce serait pour mercredi. Aujourd'hui, on était mercredi. Aujourd'hui, l'autre allait arriver. Il lui fournirait les renseignements dont il avait besoin. Il n'éprouvait nulle curiosité à l'endroit de celui qu'il allait rencontrer. Il espérait seulement que ce serait un garçon intelligent et qui saurait répondre aux questions qu'il lui poserait. Il espérait bien qu'il allait apporter avec lui un plan exacte de l'immeuble et qu'il lui fournirait une description de la chambre forte aussi exacte qu'on pourrait l'attendre de la part d'un profane, et surtout des précisions sur son emplacement et, si possible, sa marque. S'il y avait d'autres détails, ce serait tant mieux, mais il n'y comptait guère ; c'était là l'essentiel. Il y avait aussi, bien entendu, la question des outils. Et la protection que Flood lui avait garantie pendant les quelques minutes qu'exigerait sa besogne.

Il avait parfaitement supputé ses risques. Toute sa vie, il en avait couru de semblables. Parfois, il avait réussi, parfois il avait échoué. Quand il avait perdu, il avait payé. D'ordinaire ç'avait été à cause de la négligence des autres. Une fois pourtant, il avait simplement manqué de pot. Ce jour-là, la nitroglycérine était de mauvaise qualité ; quelque chose avait raté et il avait eu besoin d'une demi-heure de plus que prévu. Le car de police s'était ramené plus tôt qu'on ne l'attendait... Après ça, tout s'était précipité.

Le vieux Jones qui avait opéré avec lui dans une demi-douzaine de casses, était tombé mort à la première rafale. Lui-même avait été touché à la jambe et il boitait encore de sa blessure. C'était ainsi qu'il avait récolté ses vingt-cinq ans de travaux forcés. Mais, au bout de quinze, il avait bénéficié d'une libération anticipée. Il espérait bien que, cette fois-ci, ça irait mieux.

Un détail lui avait fait bonne impression : Flood en personne devait être sur les lieux pendant le coup. Et Flood n'était pas un gars à s'exposer inutilement. Pas, en tout cas, quand sa propre liberté était en jeu.

Il se renversa dans son fauteuil et, de sa main décharnée, saisit la pipe posée sur la table à côté de lui. Il alluma ce qui restait de tabac dans le fourneau et commença à tousser, d'une toux sèche et pénible de vieillard.

Il se racla la gorge et cracha, en direction de la corbeille à papier posée dans l'angle de la pièce. Juste à ce moment, il entendit frapper à sa porte.

*

Le mercredi matin, Kosta était resté couché. A sept heures, Kay et Frank avaient pris ensemble leur petit déjeuner dans le patio.

Ils étaient tous les deux fatigués et paraissaient aussi inquiets et énervés l'un que l'autre. L'heure fatidique approchait et ils commençaient à porter les marques de la tension nerveuse à laquelle ils étaient soumis.

Le mardi après-midi, Frank avait emmené Kosta faire un tour en ville. Il lui avait d'abord montré la plage, dans l'espoir de le distraire, mais comme ça n'avait pas paru intéresser le petit bonhomme mal fringué, ils étaient bientôt revenus dans le centre.

Frank lui avait fait voir le tribunal et le jardin public avec ses terrains de croquet où jouaient, au soleil, de vieux couples échappés des camps de touristes. Un peu plus tard, ils étaient passés devant le groupe scolaire, ensemble de bâtiments construits au petit bonheur, à l'ouest du quartier commerçant.

Kosta s'était vivement intéressé à la salle des fêtes de l'école. Cette grande bâtisse de bois et de verre abritait un court couvert de basket-ball, un amphithéâtre où les grands élèves tenaient leurs réunions et donnaient des représentations théâtrales, et plusieurs autres salles moins vastes.

C'était la salle des fêtes que Flood avait choisie comme sa principale cible.

Ils avaient ensuite longé les entrepôts édifiés en bordure de la gare de marchandises, puis contourné le grand magasin à un étage situé à l'autre extrémité du quartier des affaires.

Kosta avait contemplé en hochant la tête cet immeuble mastoc qui occupait la surface de tout un pâté de maisons.

— Pas question ! avait-il déclaré. A quoi pense Flood ? C'est tout acier et béton, ce truc-là. On aurait un boulot du diable pour que ça prenne.

Frank n'avait rien répliqué. Cet aspect de la question ne le concernait pas. Il avait reçu mission de faire visiter la ville à son hôte et rien de plus. Il appartenait à Kosta, et bien entendu à Flood, de choisir les objectifs.

Frank s'était arrêté au drugstore pour acheter un paquet de cigarettes. De nouveau, il était tombé sur Waldo Harrington. Cette fois-ci le policier était en civil.

— Je croyais que tu allais à la pêche ? remarqua Frank.

Waldo haussa les épaules.

— La bourgeoise m'a harponné avant que je réussise à me tirer, dit-il en souriant. Elle voulait m'emmener faire des courses avec elle. Voilà le résultat ! Quand c'est mon jour de congé, elle se met en vacances !

— Toi qui as le bras long, tu devrais bien la faire coffrer, quand tu es de repos, répliqua Frank en riant.

Il amena Harrington à l'auto et le présenta à son compagnon.

— C'est mon oncle, dit-il, sans se donner la peine de chercher un nom à Kosta. Je te présente Waldo Harrington. C'est le gars qui vous piste dans une voiture de ronde quand on fait un excès de vitesse !

Il se remit à rire.

Les deux hommes s'étaient serré la main et Harrington s'était déclaré enchanté de faire connaissance avec l'oncle. Frank se disait qu'il avait bien fait de profiter de l'occasion. Il tenait à ce qu'on puisse attribuer une identité anodine à Kosta. On ne sait jamais...

Un peu plus tard, ils avaient stoppé au poste

d'essence et Frank était resté quelque temps avec Ham Johnstone, pour vérifier la recette de la journée. Comme d'habitude, Ham avait essayé de faire fonctionner la caisse enregistreuse et il en était résulté une affreuse pagaïe. Mais Frank ne s'en faisait pas trop : il savait, malgré tout, que les comptes étaient justes. Ham était l'honnêteté même.

Ils étaient ensuite rentrés à la maison et Kosta avait passé sa nuit à boire du gin sans eau. Il n'avait pas dit un mot ; il n'avait fait que boire en dévisageant Kay. Celle-ci avait fini par aller se coucher. Le fait de rester ainsi assise sous la surveillance de ces gros yeux globuleux, non seulement lui portait sur les nerfs, mais lui donnait presque la nausée.

Et maintenant, le mercredi matin était arrivé. Ils se hâtaient de prendre leur petit déjeuner. Frank était déjà allé dans la chambre de Kosta pour le prévenir qu'ils resteraient absents presque toute la journée.

Kosta n'avait pas même ouvert les yeux.

— Vous gênez pas, avait-il dit. Moi, je reste au pieu. Je suis mal foutu.

Puis, sans ouvrir les yeux et toujours allongé sur le lit, dans sa semi-nudité obscène, il avait ajouté, juste au moment où Frank allait refermer la porte :

— Dis à la petite de donner le bonjour à Flood de ma part. Elle peut lui annoncer que tout est au poil. Je prendrai l'hôtel de ville et la salle des fêtes de l'école.

Frank avait à peine refermé la porte que l'autre recommençait déjà à ronfler.

Maintenant Frank versait le café. Il avait toujours la même expression maussade et inquiète que la veille, lorsqu'il causait avec Kay derrière la grange.

— Dis donc, mon loup, fit-il, et si moi j'y allais le

voir à ta place, quand j'aurai fini avec Paulmeyer ? Je pourrais lui raconter que tu es malade, ou un truc comme ça.

— Non, dit-elle. Non, ça ne prendrait pas. Tu connais Flood. Il flairerait tout de suite quelque chose d'anormal et reviendrait ici avec toi. Ce n'est pas ce que nous voulons, hein ? Non, il vaut mieux que j'y aille. Ne t'en fais pas pour moi. Je n'en aurai pas pour longtemps : je ne resterai que quelques minutes avec lui. Rien ne dit même que nous serons seuls ensemble. Il n'y a pas moyen de faire autrement. Il a arrangé ça de cette façon-là et on n'a pas intérêt à risquer des ennuis. Après tout, il ne peut rien savoir.

— Oh ! ce n'est pas pour ça, dit Frank. Je me ficherais pas mal qu'il sache. C'est seulement que...

Elle allongea la main et lui caressa doucement la joue avec le creux de sa paume.

— Ne te tourmente pas, mon chou. Je te l'ai dit : entre lui et moi, c'est fini depuis longtemps. Tout était déjà fini avant. Il s'accrochait encore, mais seulement en attendant de trouver quelqu'un pour me remplacer. Il ne tient plus à moi. De toute manière, je m'arrangerai, tu verras.

— Quand il tient à quelque chose, on ne s'arrange pas avec Flood, reprit Frank. Tu le sais bien. Et tu sais aussi que, dès qu'il te reverra, tout recommencera entre vous.

— Pour lui, peut-être, mais pas pour moi, promit-elle. Laisse-moi faire, mon loup.

Ils quittèrent ensemble la maison, un peu avant huit heures.

En passant devant chez les Loxley, Kay se tourna vers Frank et lui posa la main sur le bras.

— Et pour vendredi soir ? demanda-t-elle. Tu ne crois pas que nous ferions mieux de nous décommander ?

Instinctivement le pied gauche de Frank se posa sur la pédale de débrayage ; mais il le releva presque aussitôt et ils continuèrent leur route.

— Non, dit-il. Non ; il vaut mieux ne rien changer à ce qui a été décidé. Il ne faut rien faire d'anormal. Nous leur avions promis d'aller dîner chez eux, il vaut mieux tenir parole. De toute façon, ça ne changera rien.

— Oui, dit-elle, je sais bien... Mais n'oublie pas qu'à ce moment-là, ils seront tous arrivés.

— Tant pis, dit Frank. On n'y peut rien. Nous irons quand même.

Ils s'arrêtèrent quelques instants en ville, pour permettre à Kay de faire une commande d'épicerie dans le grand magasin d'alimentation d'Indio Beach. Elle prévint qu'elle repasserait la prendre en fin d'après-midi.

Quelques minutes plus tard, ils s'arrêtaient devant le poste d'essence. Ham avait déjà ouvert. En voyant Kay, il arbora un large sourire qui découvrait ses deux rangées de grandes dents blanches. Il se disait que Kay était une bien belle femme. Frank était le meilleur patron qu'il eût jamais eu, et il espérait de tout cœur que la station-service allait faire de bonnes affaires. Comme la plupart des habitants, blancs et noirs d'Indio Beach, Ham était très renseigné sur la situation financière de chacun. Il savait que Frank Harper avait repris le fonds depuis à peu près trois mois, et même que son bail était de deux cents dollars par mois.

Ham travaillait déjà pour le gérant précédent. Il lui

était alors arrivé plus souvent qu'à son tour de rentrer chez lui le samedi soir sans avoir touché ni sa paye, ni même un acompte. Le prédécesseur de Frank était un ivrogne qui laissait aller ses affaires à vau-l'eau.

Mais avec ce gars du Nord, ça n'était pas pareil. Lui au moins, il ne ménageait pas sa peine. Rien qu'en trois mois, ça faisait déjà une sérieuse différence sur le chiffre d'affaires.

Frank ne s'attarda pas. A neuf heures et demie, il filait vers le sud, en direction de Fort Pierce.

Une fois arrivé, il rangea sa voiture à deux rues de la pension où il savait qu'était descendu Paulmeyer. Il resta encore un moment immobile au volant, tandis que Kay et lui fumaient ensemble une dernière cigarette, puis il ouvrit la portière et sauta dans la rue.

— Sois bien prudente, mon chou, recommanda-t-il. Je reviendrai par l'autocar de deux heures et demie. Rentre à la maison le plus tôt que tu pourras, et dis à Flood que tout va bien.

Elle se pencha par la vitre et l'embrassa une dernière fois.

— Ne te tracasse surtout pas, mon loup. Tu n'as aucune inquiétude à avoir. Tu sais bien que c'est toi que j'aime.

Sans mot dire, Frank tourna la tête et fixa le macadam d'un air sombre.

Kay se glissa au volant et mit le moteur en marche.

Dix minutes plus tard, elle avait laissé Fort Pierce derrière elle et commençait la randonnée de cent et quelques kilomètres qui devait l'amener à Palm Beach. Ses yeux étaient glacés et ses lèvres se pinçaient en une mince ligne horizontale.

Ça n'allait pas être commode !

Elle faisait de son mieux pour n'y pas penser. D'y penser ne servait à rien — à rien qu'à lui rappeler ces mois, ces années écoulées, où elle avait été la maîtresse de Flood.

A ce seul souvenir, il lui venait une vague nausée. Comment, grand Dieu, comment avait-elle pu faire ?

Elle secoua la tête et s'efforça de nouveau de songer à autre chose, de ne penser qu'à Frank et au changement que ces trois derniers mois avaient apporté dans sa vie.

*

Frank frappa à la porte et attendit que la voix du vieillard lui eût répondu. Il posa alors la main sur la poignée, poussa le battant et pénétra dans la chambre.

Ça faisait des années qu'il entendait parler de Hans Paulmeyer. C'était un personnage légendaire. Mais il ne l'avait encore jamais rencontré. Quand il eut refermé la porte derrière lui et qu'en tournant la tête il l'aperçut enfin, tassé sur lui-même dans son fauteuil, une douzaine de pensées lui traversèrent rapidement l'esprit.

« Merde alors ! songea-t-il. C'est ça, Paulmeyer ? L'homme qui a fauché plus de cinq millions de dollars dans sa vie ? L'as des as, c'est ce vieux débris échappé d'un asile ou d'une maison de retraite ? Non, c'est à ne pas y croire ! »

— C'est moi, Frank, dit-il.

— Assieds-toi, fit le vieux avec un bref signe de tête.

Frank prit une chaise et s'assit.

— On peut causer tranquilles ? demanda-t-il.

— Oui, dit Paulmeyer, on peut causer, mais pas trop fort. Il n'y a que moi à l'étage. Une pareille taule, tu penses ! Les gens ne sont pas fous. D'ailleurs, que quelqu'un ait envie de venir habiter ce bon Dieu de pays, moi ça me dépasse !

En s'étirant, il se sortit péniblement de son fauteuil. Frank fut étonné de voir que, malgré son dos rond, le vieillard avait plus d'un mètre quatre-vingts.

Paulmeyer gagna la commode, ouvrit un tiroir et en sortit un bloc de papier et un bout de crayon.

— Allons-y ! dit-il en reprenant son fauteuil.

Frank fit un signe d'acquiescement.

C'était vraiment curieux, mais pour un peu, il se serait cru devant un examinateur sévère sur le point de lui faire passer un oral.

— Première question : le chalumeau ? fit le vieux.

— On en a un, répliqua Frank. Et même un appareil à arc électrique.

Paulmeyer hocha brièvement la tête et cocha d'un trait de crayon une ligne sur son papier.

— On n'aura pas besoin du truc à arc, dit-il. J'espère même bien ne pas avoir besoin du chalumeau. La chignole ?

Frank hocha affirmativement la tête.

— Quel modèle ?

— Modèle artisan.

Le vieux secoua la tête.

— C'est léger, dit-il. Trop léger. Tu aurais dû prendre le vrai modèle d'atelier. Enfin, il faudra bien s'en contenter !

— Je pourrais en emprunter une plus forte, suggéra Frank.

Paulmeyer le dévisagea de ses yeux mornes et glacés.

— Dis pas de conneries, fit-il. Emprunter ? Et si on est forcés de la laisser derrière nous en partant ? Faut jamais rien emprunter. Celle que tu as, elle vient d'où ? Et le reste du matériel ?

— De Miami, dit Frank.

Il se demandait comment il avait pu être assez bête pour proposer au vieux d'emprunter une chignole. Il savait pourtant bien, sans qu'on le lui dise, que ce n'était pas un coup à faire, bon sang !

— J'ai tout acheté dans un magasin d'outils d'occasion. Il n'y a pas de risque qu'on retrouve d'où ils viennent.

Le vieux l'examina une seconde ou deux et baissa de nouveau les yeux sur son papier.

— Les forets ?

— J'en ai pris deux douzaines. Ils vont du 16 au double zéro. Ce qui se fait de mieux.

Après un petit grognement, Paulmeyer continua à détailler sa liste. Il cita successivement : marteaux à tête ronde, ciseaux, scies à métaux, leviers et une demi-douzaine d'autres articles. Il cochait chaque catégorie d'outils au fur et à mesure que Frank lui disait les avoir.

— Remarque bien que je ne pense pas avoir à me servir de tout ce bazar, reprit le vieillard. La nitroglycérine suffira peut-être. Mais il faut tout prévoir. Je sais ce que c'est, tous ces sacrés coffiots de province ! Impossible de prévoir sur quoi on va tomber. Bon... Maintenant fais voir le plan du rez-de-chaussée.

— Je vais t'expliquer...

— T'expliqueras plus tard. Passe le plan.

Frank tira un papier plié de son portefeuille et le

tendit au vieux. Il alla se placer derrière le fauteuil de celui-ci pour examiner le plan par-dessus l'épaule de Paulmeyer.

— C'est assez approximatif, reprit-il, mais j'ai été obligé de prendre les mesures en comptant mes pas ; et j'ai fait ça en plusieurs fois quand l'occasion se présentait. Il y avait toujours dix ou vingt personnes dans le hall en même temps que moi. Fallait faire gaffe...

Sans mot dire, le vieux examina pendant plusieurs minutes le grossier croquis. Il hocha la tête, et regarda Frank de ses yeux délavés et mornes.

— Ça va bien, petit. Maintenant, explique.

Frank se pencha tout en parlant pour montrer au vieil homme divers détails du plan. Il lui expliqua le système des doubles portes extérieures en verre armé, le dispositif d'alerte, et, dans le fond du hall, la grille qui montait jusqu'au plafond et isolait la salle des coffres de la banque proprement dite. Il avait soigneusement reporté sur le plan les cloisons et les fenêtres, bref tous les détails imaginables de l'immeuble. Les architectes qui avaient établi les aménagements intérieurs de la banque auraient été bien surpris de voir un plan aussi détaillé et aussi exact.

Le vieux l'étudia longuement. Après quoi il poussa un dernier petit grognement, toussa et cracha à la volée dans un coin de la chambre. Il replia soigneusement le plan et le mit dans sa poche.

— Encore une veine que Flood ait décidé de saboter la centrale électrique ! Autrement, on ne s'en sortirait jamais. Ils l'ont construite comme une serre, votre bon Dieu de banque ! Le premier salopard venu peut voir tout ce qui s'y passe du trottoir d'en face.

Frank fut un instant tenté de répliquer qu'au moment du grand coup, aucun salopard ne se trouverait là, car tout le monde serait bien trop occupé dans un autre quartier de la ville à contempler un spectacle infiniment plus sensationnel.

Mais il se tut. Il ne savait pas au juste dans quelle mesure Flood avait révélé leur plan de campagne au vieillard. Flood ne se confiait jamais entièrement à personne. Quand il préparait un coup, il chargeait certains individus de missions strictement limitées et c'était tout. Le plus souvent, une équipe donnée ignorait même quels étaient les membres de l'autre équipe et le rôle qui leur était dévolu. Flood estimait que c'était la meilleure méthode. Ça présentait le double avantage d'empêcher les gars de discuter le coup entre eux, à l'avance, et ça coupait court aux risques de rivalités et de conflits personnels. En outre, par la suite, si quelqu'un de la bande se faisait épingler, il ne risquait pas de manger le morceau puisqu'il ne connaissait pas l'ensemble de la combine.

Frank se montra donc discret.

Kay et Frank étaient les seuls, en dehors de Flood, à avoir une idée assez précise du plan d'ensemble. Il fallait bien que Frank fût mis au courant : non seulement il devait préparer le terrain et fournir une planque aux autres, une fois le coup fait, mais, dans une large mesure, c'était lui aussi l'agent de liaison, chargé de coordonner les tâches individuelles.

Mais si renseigné qu'il fût, il ignorait cependant les noms des agents d'exécution. Il y aurait, bien entendu, Flood en personne. Et Flood aurait besoin de deux complices au moins sur les lieux avec lui. Plus deux autres pour saboter la centrale. En outre, il y aurait dans la coulisse, sans doute à Miami, un avocat et un type chargé de verser éventuellement les cautions pour les mises en liberté provisoire, l'un et l'autre se tenait prêts à agir si ça tournait mal.

Et ce n'était peut-être pas tout.

Un braquage de cette envergure, susceptible de rapporter près d'un million de dollars, c'était complexe et épineux. Ça exigeait un impeccable travail d'équipe. Et surtout un cerveau.

Mais pour ça, Flood ne craignait personne.

Frank passa encore une demi-heure avec le vieillard. Il lui parla d'Indio Beach, et lui donna bon nombre d'explications complémentaires relatives à la banque. Un plan de la ville à la main, il précisa la distance exacte qui séparait la gare de la banque.

Frank savait que Paulmeyer comptait prendre le train qui arrivait à minuit cinquante de Miami et se dirigeait ensuite sur New York. Que le coup réussisse ou non, le vieux entendait attraper son train. C'était convenu avec Flood et pour rien au monde il ne fallait lui faire rater son train.

Le bonhomme constata avec satisfaction que la gare n'était qu'à trois rues de la banque. Il espérait bien ne faire qu'entrer et sortir.

— Je serai déjà sur le quai quand ça pétera, dit-il. Si j'ai bien tout minuté, ce sera juste le moment où mon train entrera en gare.

Frank se leva pour prendre congé. Paulmeyer ne lui tendit pas la main et se contenta d'un bref signe de tête. Il ne savait pas s'il reverrait jamais Frank. D'ailleurs, il s'en foutait éperdument.

Quand Frank sortit de la chambre, il allongeait déjà la main pour reprendre sa pipe.

*

Une fois sorti de la maison meublée, Frank gagna à pied le centre de la ville. A dessein, il s'arrêta chez un grossiste en pièces détachées pour automobiles et lui fit une petite commande pour son poste d'essence. Il voulait avoir un prétexte avouable pour justifier sa présence à Fort Pierce, si jamais on l'interrogeait plus tard là-dessus.

Son autocar n'était pas plein et il n'eut pas de mal à trouver une place assise. Le parcours n'était pas long : une heure à peine. Pourtant, en arrivant à Indio Beach, il somnolait. L'arrêt du car se trouvait sur la nationale n° 1, peu après le croisement avec le boulevard des Orangers, et non loin de sa pompe à essence. Le grincement des freins le réveilla. Tout de suite, il comprit que quelque chose ne tournait pas rond. Il en eut le pressentiment à la seconde précise où, s'arrachant à son somme, il se dirigea vers la portière.

Il venait de poser le pied sur la chaussée en constatant que la station des cars était à peu près déserte quand, après avoir tourné machinalement la tête du côté de la ville, il aperçut de la fumée.

Un nègre coiffé d'un bonnet de cuisinier et les reins ceints d'un tablier blanc se tenait debout, à la porte du buffet de la station. Lui aussi regardait vers le sud, où de lourds panaches de fumée noire et mauve montaient dans le ciel bleu comme d'énormes fleurs. Sa bouche aux lèvres épaisses était entrouverte et il roulait des yeux blancs affolés.

Alors qu'il se préparait à contourner l'avant du car en courant, il entendit tout à coup le cri déchirant d'une sirène et recula d'un bond sur le trottoir, au moment où une auto de police passait bruyamment devant lui.

Frank reconnut une voiture de ronde qui venait probablement du poste situé à trente kilomètres au nord de la ville. Il se mit à courir sur la route en direction du sud, sans quitter des yeux les nuages de fumée. Soudain, des flammes jaunes jaillirent à vingt ou trente mètres de haut. Un instant plus tard, il perçut le grondement sourd d'une explosion et, de nouveau, il ne vit plus que de la fumée.

Il ne lui fallut pas trois minutes pour atteindre le lieu du sinistre. Il avait tout de suite deviné ce qui brûlait : c'était la longue file d'entrepôts qui bordaient la voie ferrée, non loin de la gare.

Il y avait déjà plus de mille personnes de rassemblées quand Frank arriva. Les trois pompes de la ville étaient en batterie. Les deux voitures de police se trouvaient là également et les agents essayaient de faire reculer la foule.

Indio Beach possédait une compagnie de sapeurs-pompiers volontaires ; il n'y avait que trois professionnels ; les autres se recrutaient parmi les commerçants et les habitants de la ville. Ça braillait et ça cafouillait passablement. L'équipe de la grande pompe avait manifestement du mal à raccorder les tuyaux. En reconnaissant Loxley dans le groupe, Frank se souvint tout à coup que Sam était pompier volontaire. Il arborait un casque blanc et s'était mis nu jusqu'à la taille. Son corps mince et nerveux était couvert de suie et ruisselait de sueur.

De l'autre côté des pompes, au premier rang des badauds, Frank repéra tout à coup Ham. Il alla rapidement le rejoindre. Ham ouvrait de grands yeux et il était si surexcité qu'il avait du mal à s'exprimer.

— D'un seul coup, patron ! Ça a pris comme ça, brusquement ! Ça a fait : poum ! et ça s'est mis à flamber !

Il parvint à expliquer à Frank que l'incendie s'était déclenché moins d'une demi-heure plus tôt.

Frank lui demanda qui s'occupait du poste d'essence, mais Ham se contenta de hausser les épaules. L'incendie absorbait toutes ses facultés d'attention.

— Veux-tu me foutre le camp ! hurla Frank. On n'a pas idée de tout laisser en plan comme ça. Allez, file. Je te rejoins dans cinq minutes.

— Mais, patron, protesta Ham, toute la ville est ici !

— Je te dis de retourner là-bas, ordonna Frank. Si jamais une flammèche tombait de notre côté, on risquerait de prendre feu, nous aussi.

Comprenant soudain, Ham acquiesça d'un signe de tête et s'éclipsa.

Tout un côté de l'entrepôt s'embrasa d'un seul coup. La foule fit un bond en arrière au moment où il s'effondrait. Le chauffeur de la voiture-échelle sauta rapidement au volant pour dégager son véhicule. Frank entendit Waldo Harrington crier aux badauds d'évacuer la chaussée. Un instant plus tard, il tapa sur l'épaule du policier et lui demanda s'il pouvait se rendre utile.

Le brigadier se retourna d'un air furieux, mais en reconnaissant Frank il lui adressa un mince sourire.

— Il n'y a rien à faire, mon gars. Tu te rends compte : ce sacré hangar était plein de mobilier et de matériaux de construction ! Il devait y avoir du papier goudronné, à en juger par toute la fumée que ça fait. On ne peut rien espérer sauver. Encore bien heureux si on arrive à empêcher l'incendie de s'étendre...

Frank resta un quart d'heure encore sur les lieux du sinistre ; après quoi il fit demi-tour et retourna à son poste d'essence. Debout sur l'aire bétonnée, Ham regardait du côté de l'incendie. Il était encore dans un état d'extrême surexcitation.

— Ecoute-moi un peu, lui dit Frank : je vais prendre la camionnette de dépannage pour un moment. Il faut que j'aille chez moi. Je reviendrai plus tard.

Frank venait tout à coup de se souvenir d'un détail extrêmement important. Il lui fallut près d'une demi-heure pour traverser l'embouteillage qui bloquait tout le centre de la ville. Il fut stupéfait de voir le nombre d'autos qui avaient brusquement convergé vers le lieu du sinistre.

En arrivant chez lui, il s'engagea dans l'allée et s'arrêta devant le garage. Il sauta à terre, courut à la porte de service, entra dans la maison et grimpa directement au premier, dans la chambre où il avait laissé Kosta.

Elle était vide.

Il prit le temps d'explorer minutieusement la maison et le jardin, mais, nulle part, il ne trouva trace de celui qu'il cherchait.

Il se rendit finalement dans la cuisine, alla droit au placard, et en tira une bouteille de whisky. Il prit un verre sur une étagère, le remplit au tiers, compléta le contenu avec de l'eau et le vida d'un trait sans même s'asseoir.

Il éprouvait l'impérieux besoin d'un remontant. Plus de doute ; il reconstituait sans peine ce qui s'était passé. Cette fois, c'était dans le sac ! Quand Flood apprendrait la vérité, il descendrait Kosta. Ça ne ferait pas un pli. Et, bien entendu, il rejetterait tout sur Frank. Flood trouvait toujours un responsable à point nommé.

Frank se versa un autre verre et l'emporta dans le patio. Il ne savait pas comment ça allait tourner et il avait besoin de réfléchir. Il voulait préparer un plan d'action. Un instant il se leva, saisi tout à coup par la tentation de téléphoner à Palm Beach, mais il se ravisa. De toute façon, c'était trop risqué. D'ailleurs qu'aurait-il pu dire ?

Il se doutait bien de ce qui avait dû se passer, mais il y avait bien des détails qu'il ignorait encore. Il ne savait même pas où était Kosta.

Il s'aperçut tout à coup qu'il souhaitait du fond du cœur que Kosta fût, en ce même moment, au beau milieu du hangar en flammes.

Frank se trouvait donc dans la cuisine, en train de se verser une nouvelle rasade, quand il entendit une auto s'engager dans l'allée et s'arrêter près de la maison. Une seconde, il eut terriblement envie de fuir à toutes jambes. Pourtant, avec un haussement d'épaules, le visage dur et crispé, il se contenta de sortir de la cuisine et d'aller aux nouvelles, devant la maison. Il arriva à la porte juste à temps pour voir Waldo Harrington sortir de la voiture. Waldo l'aperçut et le salua d'un signe de tête.

Frank posa son verre sur une table, dans le patio, et courut à la voiture. Waldo était déjà en train d'ouvrir la portière arrière.

— Donne-moi donc un coup de main, mon gars !

Par-dessus l'épaule du brigadier, Frank aperçut Kosta sur la banquette.

Le petit homme rondelet se tenait très droit et ses gros yeux globuleux étaient écarquillés. Il ouvrait à moitié la bouche et sa face avait pris une teinte verdâtre et malsaine. Il avait l'air d'un somnambule. Le corps et le visage parfaitement immobiles, il regardait droit devant lui, mais il était évident qu'il ne voyait rien.

— Je l'ai trouvé en ville dans cet état-là, appuyé contre un mur, dit Waldo. Ça le prend souvent, ce genre de crise ?

Kosta puait le gin à plein nez. Frank marmonna vaguement que son oncle venait d'être souffrant.

— Ah ! oui, c'est vrai, je me rappelle que tu m'avais dit qu'il était patraque, remarqua Waldo. Ce n'est pas prudent de le laisser se balader comme ça tout seul.

Son intonation était chargée de reproches.

A eux deux, ils sortirent Kosta de la voiture, le portèrent dans la maison et le couchèrent sur le divan du living-room sans essayer de le monter jusqu'au premier. Frank alla chercher dans la cuisine un verre d'eau, il y ajouta un peu de cognac, tandis que le policier commençait à déshabiller Kosta. Quand Frank fut de retour, ils versèrent de force un peu de liquide dans le gosier du malade. Celui-ci murmura quelques mots indistincts, et pendant un instant, parut sur le point de revenir à lui. Mais sa tête retomba soudain en arrière et sa respiration se fit plus pénible. Ses yeux, cependant, étaient restés grands ouverts.

— Je crois que je ferais bien d'appeler un toubib, fit Waldo.

Frank fit signe que c'était inutile.

— Non, dit-il. Pas la peine. Ça lui arrive de temps en temps. Nous avions quelques amis hier soir et il a un peu trop bu. Il ne devrait jamais picoler. Il sera sans doute allé se balader au soleil, et la chaleur lui aura tapé sur la coloquinte. Ce n'est pas la première fois que ça se produit. On a l'habitude. On sait comment le soigner.

Waldo se redressa.

— Vous avez dû faire une noce à tout casser, remarqua-t-il. Ma foi, un petit coup de schnick ne me ferait pas de mal non plus. Quelle journée ! Ce diable d'incendie, d'abord, et puis maintenant, cette histoire-là...

Il suivit Frank dans la cuisine et ils burent un coup ensemble...

— Tu ferais bien de le tenir à l'œil, lui conseilla Waldo au moment de prendre congé. Il n'est pas en état de se balader tout seul.

Frank lui demanda des nouvelles de l'incendie..

— Il ne va pas tarder à s'arrêter de lui-même, annonça le brigadier. Je revenais dans le centre, pour essayer de dégager un peu l'embouteillage, quand j'ai repéré ton oncle. Encore une veine !

Frank le remercia de nouveau et, quelques minutes plus tard, Waldo s'en alla enfin. Frank revint dans le living-room. Kosta n'avait toujours pas bougé. Pendant plusieurs minutes, Frank le contempla sans faire un mouvement.

— Espèce de sale tordu ! lui lança-t-il enfin d'une voix blanche et dure. Flood aurait dû s'en méfier. Il aurait quand même bien dû se douter du coup !

Il fit demi-tour et revint dans la cuisine. Flood lui avait fait penser à Kay. Et pour le moment, il n'y tenait pas. Il avait déjà assez de soucis comme ça ! Il se décida à téléphoner à la station-service pour avertir Ham qu'il ne pourrait pas revenir. Il n'osait pas abandonner la maison. Surtout avec Kosta dedans.

CHAPITRE III

A partir de Fort Pierce, l'autoroute nº 1 pique droit au sud sur près de deux cents kilomètres avant d'attendre la banlieue nord de Palm Beach.

Sur la majeure partie du parcours elle ne comprend qu'une seule piste dans chaque sens ; pourtant, c'est l'une des routes où la circulation est la plus forte de toute la Floride et même de toute la côte est. Presque continuellement droite et plate, elle est monotone, ennuyeuse et sans caractère. Cette monotonie lassante du paysage cause, du reste, d'innombrables accidents, car les conducteurs trouvent le trajet si fastidieux qu'ils ont tendance à s'endormir.

Kay avait déjà accompli ce parcours trois fois, et elle avait toujours eu du mal à rester éveillée. Pourtant, ce jour-là, elle n'avait nulle envie de dormir ; elle était trop préoccupée. Kay pensait sans cesse à Flood. Elle connaissait Flood depuis quatre ans. Durant la plus grande partie de ces quatre années, elle avait été sa maîtresse.

Et cependant, elle ne l'avait jamais aimé.

Contrairement aux idées toutes faites qu'ont la plupart des gens sur la question, Kay n'était ni plus ni moins immorale que des milliers de jeunes femmes de son âge. En revanche, elle était infiniment plus séduisante que la plupart d'entre elles et les circonstances avaient joué un grand rôle dans son destin.

Elle s'appelait en réalité Katherine Jane Garner. Elle appartenait à une famille modeste, sans être pauvre, qui habitait une petite ville paisible de l'Ohio. Elle était fille unique et à dix ans, elle avait perdu son père. Celui-ci, qui était linotypiste, avait été victime d'un cancer du poumon. Il avait prudemment pris une assurance sur la vie de quinze mille dollars et cette somme, jointe à ce que sa mère pouvait gagner en travaillant à mi-temps comme infirmière diplômée, avait permis à Kay de recevoir une bonne instruction secondaire et de suivre pendant deux ans les cours d'une école commerciale. La semaine même où Kay devait recevoir son diplôme de fin d'études, sa mère fut renversée par un chauffard qui prit la fuite, et mourut des suites de ses blessures.

Kay ne resta dans sa petite ville de l'Ohio que le temps de régler les obsèques ; après quoi, triste et désemparée, elle résolut de partir pour New York.

Les études commerciales ne lui avaient guère plu et elle ne tenait pas à devenir secrétaire. Son rêve était d'être artiste dramatique.

Kay débarqua donc à New York le jour de son dix-neuvième anniversaire et loua un petit appartement dans Greenwich Village. Elle s'inscrivit aussitôt dans une école qui promettait d'enseigner à ses élèves toutes les techniques de la radio et de la télévision et même la mise en scène théâtrale. Kay mit plusieurs mois à comprendre qu'elle y perdait son temps et que cette aventure lui avait coûté bien trop cher.

Profondément déçue, elle conclut que toutes les écoles étaient autant d'escroqueries et elle résolut d'acquérir un peu d'expérience pratique. Grâce à son joli visage et à son corps superbe, elle n'eut aucun mal à se faire embaucher comme girl par la direction d'une boîte de nuit. On ne lui faisait pas un pont d'or, loin de là, mais il lui restait plusieurs milliers de dollars de la succession maternelle et la question pécuniaire ne se posait pas pour elle.

Au cours de sa seconde année à New York, Kay découvrit deux choses : la première (et peut-être la plus importante) fut qu'au fond New York ne différait guère de n'importe quelle autre ville, y compris son petit trou natal du Middle West.

La plupart de ses amis venaient, eux aussi, de petites villes. Certains avaient un emploi, d'autres étaient étudiants et vivaient à New York grâce aux subsides reçus de chez eux.

Il est vrai qu'elle avait trouvé un emploi touchant plus ou moins au théâtre ; mais à l'expérience, c'était un travail pénible, ennuyeux et sans attrait. Elle n'était pas plus près de devenir une véritable actrice que le jour de son arrivée à New York.

Elle n'avait pas encore renoncé à toute espérance, mais elle commençait à s'ennuyer et à se demander comment tout cela finirait. Elle n'entrevoyait pour elle aucun avenir précis.

Sa seconde découverte s'appelait Artie.

Artie Monroe avait deux ans de plus que Kay. C'était un musicien qui était arrivé, lui aussi, d'une petite ville du Middle West pour étudier la musique à New York. Au bout d'un an, il avait réussi à se faire embaucher dans le petit orchestre d'une boîte de la Cinquante-deuxième Rue. Il occupait un appartement dans le même immeuble que celui de Kay.

Artie était un grand garçon brun et bien balancé,

doté par la nature d'un joli visage, de longs cils et d'un menton un peu effacé. Kay ne prit jamais la peine d'analyser ses sentiments à l'égard d'Artie. Elle savait seulement qu'il lui avait plu d'emblée, qu'il était doux, attentionné, et d'agréable compagnie. Après être sortie avec lui pendant six mois, elle découvrit un beau jour qu'il était marié et, qui plus est, père d'un enfant.

A ce moment, il était trop tard. Kay était déjà enceinte.

Ils avaient fait le projet de se marier ; ou plus exactement Kay en avait ainsi décidé. Elle avait rassemblé les quelques milliers de dollars qu'elle possédait encore et les avait placés dans un compte en banque ouvert conjointement à leurs deux noms. Le jour où elle découvrit qu'Artie était déjà marié, elle s'aperçut aussi qu'il était passé à la banque et avait complètement épuisé leur compte commun. Elle ne revit jamais Artie.

Cette nuit-là, Kay s'était rendue comme de coutume au cabaret où elle tenait un petit rôle dans les attractions. Elle était enceinte de quatre mois et le choc qu'elle venait de subir en apprenant ce qu'était véritablement Artie fut au-dessus de ses forces. Elle s'évanouit dans la loge des girls, dix minutes avant de passer en scène. Voyant qu'elle ne revenait pas à elle, une de ses camarades appela un médecin.

Ce fut cette nuit-là qu'elle fit la connaissance de Flood.

Flood était le propriétaire de la boîte, ou du moins il y avait de gros intérêts. Il avait accompagné le médecin pour savoir ce qui n'allait pas, et il avait appris de la bouche de celui-ci une partie de la vérité. Deux autres girls lui révélèrent le reste.

Il avait renvoyé Kay chez elle en taxi et, un peu plus tard, il s'était occupé lui-même de la faire avorter. Il avait veillé à ce qu'elle continuât à toucher ses cachets pendant toute sa convalescence. Il lui avait même envoyé des fleurs tous les deux jours.

Kay n'avait pas compris tout de suite que Flood était un gangster. Elle ne savait rien de lui, sinon qu'il s'était montré bon pour elle, l'avait aidée quand elle avait besoin de secours et de tendresse, et avait pris soin d'elle au moment le plus critique de son existence.

Elle ne retourna jamais à sa boîte : moins d'un mois plus tard, elle vivait avec Flood dans un appartement de l'East Side.

A vrai dire, c'était bien plus l'appartement de Kay que celui de Flood. Il se contentait de régler les quittances de loyer et d'y passer un jour ou deux par semaine. Il n'était pour elle ni bon ni méchant. Ils n'avaient jamais rien conclu de précis. La chose s'était faite peu à peu, d'elle-même. Kay avait très vite appris à ne jamais poser de questions, à ne jamais rien réclamer.

Au cours des quatre années, où il l'avait ainsi entretenue dans cet appartement, elle n'avait pas découvert s'il était marié, ni où il passait son temps quand il n'était pas avec elle.

Jusqu'à six mois auparavant, elle s'était contentée de se laisser aller. Elle passait son temps seule, à ne faire à peu près rien, sauf quand Flood l'emmenait aux courses, dans des boîtes de nuit ou des dancings. Elle regardait les vitrines des magasins, s'achetait de temps en temps des toilettes... Elle lisait beaucoup — surtout des magazines et des romans à succès. Elle allait au cinéma, et de temps en temps au théâtre.

Elle avait peu de relations et Flood n'amenait jamais chez elle aucune des siennes.

Mais, six mois plus tôt, Flood avait cessé de venir la voir à l'appartement, quoiqu'il continuât à payer le loyer et à lui envoyer quelques dollars d'argent de poche par semaine. Au bout de six semaines environ, il était enfin venu la trouver et, sans préliminaires, il avait abattu son jeu.

Le moment était venu où Kay allait devoir, à son tour, faire quelque chose pour lui. Il s'agissait pour elle de se rendre en Floride avec Frank Harper, en se faisant ostensiblement passer pour la femme de celui-ci, afin de préparer le terrain en vue du cambriolage de la banque. Elle n'avait aperçu Harper qu'une seule fois auparavant et elle avait pensé que c'était un des employés de Flood. A ce moment, bien entendu, elle savait déjà que Flood était mêlé à des histoires de gangsters. Bref, que c'était un truand.

Quand il lui avait expliqué en détail le projet qu'il avait échafaudé et le rôle qu'il lui destinait dans son grand coup, Kay avait été aussi étonnée que scandalisée. Que Flood fût une canaille, et même un criminel, elle l'avait plus ou moins tacitement accepté. Mais l'idée qu'elle pût un jour être amenée à devenir sa complice ne l'avait jamais effleurée. Certes, Flood avait la manière ! Il ne lui avait même pas laissé le moindre prétexte pour protester.

— Je suis lessivé, comprends-tu ? Sans un ! Nettoyé ! Je joue mon va-tout sur ce coup-là. Et tu vas m'aider. Ça fait quatre ans que tu vis à mes crochets. Il est temps de payer ta dette, tu ne crois pas ? Eh bien ! voilà l'occasion.

Quinze jours plus tard, elle était donc partie pour la Floride avec Frank. Ils avaient pris le car puisque

Flood en avait décidé ainsi. Il avait pensé à tout. Il avait même choisi la maison qu'ils devaient louer et repéré le poste d'essence que Frank allait prendre en location. Il avait tout arrangé. Il avait expliqué par le menu à Frank ce que celui-ci devrait dire ; il lui avait fourni un passé aussi imaginaire que détaillé avec tout l'argent qu'il leur fallait pour tenir leur rôle.

Flood avait pris Kay à part, le matin du jour où elle devait partir avec Frank, tandis que celui-ci attendait dehors dans le taxi.

— Rappelle-toi bien une chose, mon petit, avait-il dit. Là-bas, tu vas passer pour la femme de Frank. En public, tu te conduiras comme si vous étiez mariés. Remets-en plutôt ! Mais, la nuit, attention : tu restes ma femme. Tâche de ne pas l'oublier. Ma femme, entends-tu ?

Il ne l'avait même pas embrassée en lui disant au revoir.

C'était bizarre, mais à trois mois à peine de là, tandis qu'elle roulait vers le sud sur l'autoroute n° 1 et repassait tout cela dans son esprit, elle constatait qu'il lui était presque impossible de se rappeler exactement la physionomie de Flood. Même le couteau sous la gorge, elle n'aurait pu dire de quelle couleur étaient ses yeux. Toute leur liaison, tout cet intermède de quatre ans s'était estompé, à l'arrière-plan de sa mémoire. A croire que rien ne s'était passé.

N'était-il pas inimaginable qu'il eût suffi de trois mois pour la changer à ce point ? Il lui semblait maintenant, que, pour la première fois depuis vingt-cinq ans, elle vivait véritablement, qu'elle était vraiment un être humain comme les autres.

A force de ruminer tout cela, elle fit soudain une

découverte : sans jamais s'en être rendu compte, au cours des quatre années où elle avait vécu avec Flood, celui-ci lui avait inspiré une terreur de tous les instants. Pour la première fois elle était assez lucide pour s'en apercevoir ; tout s'était passé comme si elle avait été hypnotisée, et comme si l'intensité même de sa frayeur l'avait empêchée d'en prendre conscience.

*

Roy Cluney se laissa tomber sur le bord du divan et fit sauter hors du paquet une cigarette qu'il porta à ses lèvres finement dessinées. Il avait dix-neuf ans et le visage rond, quasi inachevé d'un bébé. Ses grands yeux d'un bleu d'agate semblaient éternellement surpris ; il avait de petites oreilles collées au crâne.

Il portait un pantalon de flanelle grise, une chemise de sport rayée et des souliers de tennis sans chaussettes. Ses cheveux blonds étaient soigneusement peignés, et séparés par une raie sur le côté droit de sa tête ronde. Il observait Wally. Et surtout la nommée Doll, la poule de Wally. Ceux-ci dégustaient à l'autre bout de la chambre le petit déjeuner qu'on venait de leur monter.

Roy, Wally et Doll étaient bouclés depuis deux jours dans cette chambre d'hôtel, et ils s'embêtaient à mourir. Ils auraient voulu sortir, descendre sur la plage, aller dans un bar, faire n'importe quoi, n'importe où, pourvu que ce ne soit plus dans cette chambre d'hôtel étouffante et sans air. Mais ils n'osaient pas bouger. Il fallait d'abord avoir des nouvelles de Flood. Viendrait-il, téléphonerait-il ? Ils n'en savaient rien. Tout ce qu'il leur avait dit, c'était d'aller à un certain hôtel, d'y demander les chambres qu'il leur avait réservées, de s'y installer et d'attendre.

Le mercredi matin, ils attendaient toujours.

Pour Wally, encore, ce n'était pas si terrible ; il avait Doll, et avec Doll il aurait été difficile de s'embêter. Si ce salaud de Wally avait été moins égoïste, Doll aurait même pu distraire un peu Roy, par-dessus le marché. Mais Doll était la poule de Wally, et de Wally seul ; sur ce point, il était intraitable.

Wally avait dix ans de plus que Roy. C'était un grand gaillard aux larges épaules et aux sourcils charbonneux, d'humeur rébarbative. Son ton était toujours sec et cassant, et il avait la réputation d'être un dur.

Ce n'était d'ailleurs pas ce qui aurait impressionné Roy. Roy, lui aussi, était un dur à sa façon. Mais il savait que s'il cherchait la bagarre, ça n'amènerait rien de bon. Surtout en ce moment. Flood avait donné des instructions précises à Roy et ce dernier savait ce qu'il avait à faire. Wally ne l'intimidait pas, mais Flood, c'était une autre paire de manches !

Aussi restait-il là, à fumer sa cigarette tout en regardant Wally et Doll manger.

A peine avaient-ils terminé leur tardif petit déjeuner que le téléphone sonna, au moment où Roy ouvrait un nouveau paquet de cigarettes. Wally arriva le premier à l'appareil.

— Oui... répéta-t-il deux fois de suite.

Il tendit un instant l'oreille, lança un troisième « oui », et raccrocha. Sans daigner accorder un regard à Doll, il se tourna vers Roy.

— C'était le patron, dit-il. Il prévient qu'il est coincé à Miami et qu'il ne sera ici qu'assez tard.

Quelqu'un devait venir le retrouver ici, quelqu'un qui vient tu sais d'où. Faudra lui dire d'attendre le patron jusqu'à ce qu'il arrive.

— Il a dit qui ce serait ? demanda Roy.

— Non. Mais il a dit de « la » faire attendre.

Roy parut intéressé.

— Tiens, va y avoir du linge, dans la piaule. Ça me changera !

Doll lui jeta un coup d'œil hostile, et ses lèvres rouges se pincèrent en une moue chagrine.

— Ça veut dire quoi ? Tu essaies de me mettre en boîte ? demanda-t-elle.

Wally lui jeta un coup d'œil furibond.

— La ferme ! ordonna-t-il.

Il se rassit et se versa une seconde tasse de café.

— Ça veut dire, expliqua Roy, que je commence à en avoir vachement marre de rester là à me les rouler.

— Tu ne vas pas tarder à avoir de quoi t'occuper, répliqua Wally.

— Ah oui ? fit Roy en lui jetant un coup d'œil. Ça se peut, après tout. Toi aussi, d'ailleurs. Tu pourras toujours t'expliquer avec le patron quand il arrivera.

Wally ouvrit de grands yeux.

— Moi ? J'ai rien à lui expliquer.

— Que tu dis ! Tu lui expliqueras pourquoi on est trois dans cette piaule. Tu ne sais pas que Flood nous avait dit de venir seuls, peut-être ? Tu ne sais pas que…

— Ce que je sais, c'est que tu me cours, coupa Wally. Occupe-toi de tes oignons. J'ai quand même le droit d'amener Doll avec moi, si ça me chante, non ? Du moment qu'elle n'est pas affranchie, qu'est-ce que ça fout ? Flood sait bien que c'est ma femme.

— Dis donc, fit Doll, dont le visage mutin avait pris une expression furieuse, qu'est-ce que tu...

La main droite de Wally se leva brusquement, et s'abattit sur la joue de la jeune femme.

— Toi, on ne t'a pas sonnée !

Il se retourna vers Roy.

— T'en fais pas pour moi, reprit-il. Quand Flood arrivera, je me charge des explications. En attendant, on va faire un petit tour, Doll et moi. Du moment que le patron est retardé, il n'y a pas de raison qu'on reste tous les trois à poireauter. Tu attendras la gonzesse.

— D'accord, fit Roy. Moi, je m'en fous. Va te balader, mais quand Flood arrivera et qu'il me demandera où tu es, je lui dirai que t'es parti ! T'entends ? Je lui dirai.

— Dis-lui ce que tu veux, et va te faire voir, répliqua Wally. Tu viens, Coco ?

Ils se levèrent tous deux et sortirent de la chambre.

Roy les regarda partir avec satisfaction. Il commençait à en avoir par-dessus les oreilles de leur compagnie. Mince de rigolade ! A les voir, on les aurait crus en voyage de noces. Comme s'ils étaient seuls dans la carrée...

Il se leva, traversa la chamtre et alla jeter un coup d'œil sur les assiettes sales. Il repéra un demi-morceau de toast encore intact et s'en empara. Revenant sur le divan, il tira un petit album de bandes dessinées d'une de ses poches, l'ouvrit et s'y plongea. Ses lèvres remuaient tandis qu'il épelait laborieusement les mots.

Il lisait toujours, quand on frappa à la porte.

Il se leva lentement, en fourrant l'album dans sa poche, traversa la chambre avec toute la souple aisance d'un grand félin, s'arrêta à côté de la porte, allongea prudemment le bras et ouvrit.

Debout dans le couloir, Kay le regardait.

Sans mot dire, il la contempla à son tour en ouvrant de grands yeux.

— Je vous demande pardon, dit-elle. Je cherchais la chambre de M. Flood. J'ai dû me tromper...

Elle se disposait déjà à faire demi-tour.

Pour toute réponse, il rejeta la tête en arrière, et ouvrit davantage la porte.

La voyant toujours hésitante, il murmura :

— C'est bien ici.

Elle entra dans la chambre et il referma soigneusement la porte derrière elle. Il fit demi-tour et la dévisagea une seconde encore. Au moment où Kay, qui avait brusquement rougi, allait ouvrir la bouche, il reprit :

— On vous attendait, dit-il. Il a téléphoné de Miami pour dire qu'il arriverait en retard, parce qu'il avait été retenu. Il nous a prévenus que vous alliez venir et il vous fait dire de l'attendre.

Kay hocha légèrement la tête et alla s'asseoir dans un vaste fauteuil bien rembourré. Roy retourna sur le divan. Pendant trois ou quatre minutes, aucun d'eux ne parla. Roy toussota enfin et se leva.

— Vous voulez que j'aille vous chercher quelque chose à boire ? proposa-t-il. Moi, je ne bois pas, mais, si vous voulez, je peux vous apporter quelque chose.

Kay leva la tête et esquissa un sourire.

— Ma foi, j'accepte, dit-elle. Je boirais bien un verre.

*

A l'instant précis où Roy Cluney offrait un whisky-soda à Kay dans une chambre d'hôtel de Palm Beach, George Candle se préparait un gin-vermouth, avec deux cubes de glace, dans le living-room d'un petit appartement moderne, non loin de la plage d'Indio. A vrai dire il en préparait même deux : un pour lui et un pour son copain Shorty. Ce dernier, vautré sur un divan, son corps velu tout enluminé de coups de soleil sous une couche d'huile luisante, n'avait pour tout vêtement, qu'un caleçon de bain en nylon de teinte criarde.

Candle portait un costume de toile gris, avec une chemise assortie, des chaussettes grises et des chaussures de daim de même couleur. C'était un grand gaillard de plus d'un mètre quatre-vingt-cinq. Il avait un torse massif et des muscles robustes lui gonflaient bras et jambes. Son visage bourru respirait la brutalité. On voyait que c'était un homme qui se maintenait toujours en pleine forme. Le col de sa chemise était étroit ; il transpirait abondamment.

— Andouille ! dit-il. Te voilà bien avancé. A-t-on idée de se foutre comme ça en plein soleil ? Tu ne pouvais pas te douter de ce qui t'arriverait ?

— Passe-moi à boire, petite tête, et ferme ta gueule. Ça me cuit que ça n'en est pas croyable !

Candle regarda son copain, avec un bon sourire amical. Malgré le soin méticuleux avec lequel il s'habillait, ses manières annonçaient le bon gars facile à vivre.

— Flood voulait qu'on se fasse passer pour deux touristes, dit-il en riant à moitié. Ça ne voulait pas dire que tu devais aller te faire griller au soleil.

Il acheva de préparer les rafraîchissements qu'il

apporta au fond de la pièce. Il tendit un verre à son camarade toujours allongé sur le divan. Le mouvement que fit Shorty pour se redresser quand il allongea le bras pour prendre le verre, lui arracha un gémissement.

Il leva le verre et ils trinquèrent.

— Alors, comment ça a-t-il marché ? demanda Shorty.

Avant de lui répondre, Candle alla fermer la porte. Il mit le ventilateur électrique en marche, gagna la grande fenêtre abritée par des jalousies et regarda au-dehors. Il revint ensuite près du divan en traînant avec lui un fauteuil en tubes d'aluminium tendus de nylon.

— On pourra dire qu'on aura bien gagné notre oseille, dit-il. C'est un coup où il y a du bon et du mauvais.

Shorty le regarda sans dissimuler sa curiosité.

— Commence par le mauvais, dit-il.

— Le mauvais, expliqua Candle, c'est qu'ils ont deux veilleurs de nuit. La relève se fait à six heures ; le premier veilleur de nuit reste de service jusqu'à deux heures. Après ça il y a un autre mec qui reste de garde jusqu'à la relève suivante.

— Rien que deux bonshommes ? dit Shorty. C'est pas la mer à boire.

— Je ne m'en fais pas pour ça, dit Candle. Mais je ne trouve pas que l'affaire se présente bien. Tu as vu où était la baraque ? De l'autre côté des voies, à moins d'un kilomètre d'un commissariat. On y arrive par un chemin privé qui prend dans une impasse. Il y a une grande porte par-devant, une sur le côté, et une derrière...

» Une fois entrés, on n'aura pas grand mal à

sortir. Faudra laisser la bagnole dans la rue et y aller à pied. Autrement on risquerait de se trouver coincés. Mais c'est justement de laisser la bagnole dans la rue qui m'emmerde. On ne sait jamais : quelqu'un peut toujours passer et la repérer pendant qu'on sera dans la baraque.

Shorty prit un air pensif.

— Alors, il n'y a qu'une chose à faire, dit-il enfin, prendre une bagnole qui ne soit pas à nous.

— J'y ai bien pensé, dit Candle. Mais ça serait trop risqué d'en faucher une. On pourrait la reconnaître et nous attendre à la sortie.

Il hésita une ou deux secondes.

— Le seul moyen que je voie, reprit-il, ça serait d'aller dans un autre patelin, peut-être jusqu'à West Palm ou à Miami, et d'y louer une bagnole.

Shorty rumina un moment cette idée. Il hocha de nouveau la tête.

— On n'a guère de temps. Samedi va vite arriver.

Candle en convint.

— Ce qu'il y a de bien, poursuivit-il, c'est que dans la baraque, ça ne se goupillera pas mal. Là, c'est du gâteau. Un des veilleurs est un vieux schnock. Il ne rouscaillera pas. L'autre, c'est un jeunot. Il aura peut-être envie de faire le marle, mais on s'arrangera. L'important, c'est le téléphone. L'important, c'est que le vieux marche droit, et réponde comme il faut. Pour les machines, c'est du tout cuit. Je m'en arrangerai en moins de deux. Il n'y a qu'une double turbine dans la centrale ; dix minutes de boulot et ça y sera. De la façon que je m'y prendrai, le jus sera coupé pour une bonne journée.

Il se leva de nouveau, prit le verre vide de Shorty et alla le remplir une fois de plus dans la cuisine avec le sien. Il revint dans son fauteuil et tendit un verre plein à Shorty.

— Naturellement, reprit-il, tout ça va surtout dépendre de Flood. Il m'a dit qu'on n'avait pas à se faire de mouron, et que tous les flics du patelin auraient d'autres chats à fouetter à ce moment-là.

— Il ne t'a pas dit pourquoi, hein? fit Shorty.

— Non. Je ne lui ai rien demandé et je ne veux pas le savoir. Moins on en saura sur ce qui doit se passer samedi soir, plus je serai content.

— Oui, dit Shorty. Oui... peut-être. Mais je serais quand même plus tranquille si...

— Oh, laisse tomber! dit Candle. On est bien payés, non? vingt mille dollars, déposés d'avance dans une banque du Nord, ça ne te dit rien? A quoi ça t'avancerait d'en savoir plus long? Après tout, c'est pas bien sorcier ce que nous avons à faire. On entre, on sabote la centrale, on ressort et on se tire. On revient ici, si ça paraît la meilleure solution, ou on met les bouts pour de bon. De toute manière, on n'aura rien fait de pire qu'un petit sabotage de rien du tout. On n'aura ni tué, ni volé personne. Quand tout sera fini, on n'aura plus rien sur nous, pas même les calibres.

— C'est ça qui m'inquiète, dit Shorty. Vingt mille dollars, c'est une somme. Un sacré paquet! Pour que Flood les lâche, faut qu'il y tienne bougrement, à cette affaire-là! Je ne sais pas ce qu'il a dans la tête, mais faut que ce soit un coup fumant.

— Je ne veux pas le savoir, je te dis, coupa Candle. Je m'en fous. Tout ce qu'on nous demande, c'est de faire notre boulot comme il faut. A onze heures juste, il faut que toutes les loupiotes s'éteignent dans le patelin et qu'on ne puisse pas remettre le jus pendant quatre heures au moins. Un point c'est tout. En attendant, tu ferais bien de soigner tes coups de soleil. Quand on se mettra au boulot, faudra faire vinaigre.

Shorty assena soudain une claque sur une mouche qui s'était posée sur sa cuisse puissante. Sa grosse patte s'abattit lourdement sur ses chairs mises à vif par le soleil de Floride et il poussa un hurlement de douleur. Il se tourna de nouveau vers Candle.

— Tu as bien repéré le parcours ?

— Tout est prévu, assura Candle. Demain, je crois bien que je vais aller louer un tacot dans les environs comme je te disais. Mais si jamais on était forcés de se barrer en vitesse, il faut qu'on puisse reprendre notre bagnole à nous. Je ne tiens pas à ce qu'elle traîne autour de la centrale samedi soir.

— Oh ! je ne tiens pas à m'éterniser ici, je te jure, dit Shorty avec un sourire en coin.

Candle vida son verre et le reposa sur la table, à l'extrêmité du divan.

— J'ai quelque chose de marrant à te raconter, dit-il doucement.

— Ah oui ?

— Oui. Ecoute bien : ce matin de bonne heure, en allant en ville, je suis passé devant un poste d'essence. Tu sais qui faisait marcher la boutique ? Qui m'a fait le plein ? Qui a essuyé mon pare-brise ?

— Eh bien, qui ? fit Shorty. Accouche, bon Dieu ! Tu te crois au Club des Incollables ?

Candle sourit avec malice.

— C'était un certain Harper, précisa-t-il. Frank Harper.

— Qu'est-ce que c'est que ça, Frank Harper ?

— Ah ! c'est vrai, reprit Candle. Tu ne l'as peut-être pas connu. Eh bien, Harper c'est un jeunot qui travaillait pour Flood à New York. Il venait d'être démobilisé et Flood l'avait embauché comme chauffeur. C'était pas tout à fait un chauffeur, du reste... plutôt une espèce de garde du corps... tu vois ça d'ici.

Shorty laissa échapper un petit sifflement étouffé.

— Sans blague ? Alors ?

— J'ai comme une idée, que d'ici un ou deux jours, on va voir pas mal de gars de connaissance dans le patelin. Ça ne m'étonnerait pas du tout.

— Dis donc, fit tout à coup Shorty, est-ce qu'il t'a repéré, ton Harper ? Est-ce que...

— Non, assura Candle. Sûrement pas. Il n'y a pas de raison : je ne le connais pas personnellement. Je ne lui ai jamais causé. Mais je le voyais de temps en temps. Je sais bien qui c'est.

— On va sans doute le revoir avant dimanche, conclut Shorty.

CHAPITRE IV

Ed Morningside appela les Harper au téléphone à six heures un quart.

Frank était assis dans le living-room. Depuis plus d'une heure il avait les nerfs à fleur de peau et espérait à chaque instant entendre le moteur d'une auto s'engageant dans l'allée. La journée avait été exténuante et il se sentait las et inquiet. Quand la sonnerie du téléphone retentit, il se leva d'un bond, mais constata avec étonnement, au bout d'un instant, que ce bruit n'était pas celui qu'il attendait si anxieusement.

Il se ressaisit bientôt et courut à la table où était posé l'appareil. Une expression de soulagement avait tout à coup détendu ses lèvres pincées.

Il était tellement certain que le coup de téléphone venait de Kay qu'il manifesta une rudesse quasi insultante lorsqu'il entendit la voix d'Ed.

— Eh bien ! oui, c'est moi, Harper, cria-t-il. Qu'est-ce que vous me voulez, bon sang !

— Ici, Ed, dit la voix lointaine. Ed Morningside, du magasin d'alimentation générale.

— Ah ! oui, oui... bien sûr. Comment ça va, mon vieux ? Je vous demande pardon d'avoir gueulé comme ça. J'attendais quelqu'un d'autre. Qu'est-ce qui se passe ?

Ed se mit à rire. Sa voix avait cet accent traînant qu'il avait amené de Georgie en Floride, quand il s'était installé à Indio Beach, cinq ans auparavant.

— Oh ! il n'y a rien de grave, m'sieur Harper, expliqua-t-il. Ce matin, votre dame est venue au magasin ; elle a fait une commande en disant qu'elle passerait la prendre dans l'après-midi, mais elle n'est pas encore venue et on va fermer. Elle n'y aura sans doute plus pensé, mais comme elle avait commandé des saucisses, du lait et pas mal d'autres choses encore, je me suis demandé si elle ne comptait pas dessus pour son dîner. J'ai pensé que je ferais peut-être mieux de vous appeler. Je pourrais vous attendre encore un moment au magasin, si des fois vous vouliez passer prendre votre commande.

Frank faillit lui dire qu'il allait arriver tout de suite, mais il se rappela tout à coup la présence de Kosta dans la maison.

— C'est que, voyez-vous, dit-il, ma femme a été obligée d'aller jusqu'à Palm Beach ; elle a dû se trouver retardée. Vous savez comment sont les femmes, quand elles se mettent à faire des courses…

Ed lui assura qu'il ne l'ignorait pas.

Frank lui dit alors qu'il aimerait bien passer prendre la commande, mais qu'il était obligé d'attendre un coup de téléphone. « Ça ne l'ennuierait pas de mettre les provisions dans sa glacière ? Kay, ou lui, viendrait les chercher le lendemain, à la première heure. »

Ed ne lui laissa pas le temps de terminer. Il déclara à nouveau que Mme Harper comptait probablement sur ses provisions pour le dîner et qu'il ne demandait pas mieux que de les déposer chez elle en rentrant.

Frank allait protester, mais Ed ne l'entendit pas, ou ne voulut pas l'entendre. Il répéta que de toute façon il allait arriver dans une demi-heure et raccrocha.

En replaçant l'écouteur, Frank Harper cessa un instant de penser à ce qui le tourmentait depuis deux heures. L'image de Kay associée à celle de Flood s'estompa. C'était quand même bien aimable de la part d'Ed de se déranger ainsi. Ce n'était pas à New York qu'on aurait vu ça ! Là-bas, si vous aviez le malheur d'oublier quelque chose dans un magasin, neuf fois sur dix, c'était l'employé qui l'embarquait.

Il tourna la tête et son regard se posa sur Kosta.

Celui-ci avait ouvert de petits yeux rouges tout injectés de sang et contemplait Frank en silence ; son corps replet n'avait pas bougé depuis le moment où Frank et Waldo l'avaient déposé sur le divan.

Frank s'approcha de Kosta et lui jeta un coup d'œil hostile. Il constata que l'ivrogne avait repris connaissance et pouvait le comprendre.

— Allez, calte ! dit-il d'une voix sourde et brutale. Cinglé ! Ordure ! Monte te foutre au pieu. Et tiens-toi peinard, tu m'entends ? Ne bouge pas de la carrée. Si jamais tu as le malheur de l'ouvrir, je te jure que…

Kosta se retourna à moitié sur le divan et se mit debout. Il vacillait légèrement, mais parvint pourtant à pivoter sur lui-même. Sans mot dire, il se dirigea d'un pas traînant vers l'escalier.

Frank le suivit des yeux. Un instant plus tard, une porte claqua au premier. Frank se rendit alors dans la cuisine et machinalement commença à ranger dans le placard les bouteilles encore à moitié pleines de whisky et de cognac et à entasser les verres sales sur l'évier.

Ed avait parlé d'une demi-heure, mais Frank savait bien qu'il risquait de le voir s'amener d'un instant à l'autre. Il tenait à ce que la cuisine eût l'air bien rangée quand Ed arriverait.

Tout en lavant les verres et en vidant les cendriers, il s'efforçait de ne pas penser à Kay. A quoi ça l'avançait-il ? Elle aurait dû être de retour depuis longtemps. Il était furieux contre lui-même de l'avoir laissée aller à la rencontre de Flood. Il aurait dû tenir bon et exiger de s'y rendre à la place de Kay ou tout au moins de l'accompagner.

Il ruminait tout cela une fois de plus, quand il entendit une auto s'arrêter devant la maison.

Son oreille exercée lui apprit immédiatement que ce n'était pas leur voiture. Il ne risquait pas de s'y tromper ! Il aurait reconnu les yeux fermés le bruit de leur Chevrolet. Il avait assez bricolé dessus ! Même en dormant, il aurait su repérer le ronflement asthmatique de la vieille bagnole. Pourtant, malgré lui, il faillit courir à la porte.

C'était Ed Morningside, et sa canadienne Ford. Ed s'avançait déjà dans l'allée, les bras chargés d'un grand sac en papier brun.

Il suivit Frank dans la cuisine et voulut bien admettre, non sans difficulté, qu'il avait tout juste le temps de prendre un verre avant de rentrer chez lui.

— La patronne aura déjà servi le dîner, dit-il. Qu'est-ce que je me fais passer quand j'arrive en retard !

Ed porta le verre de whisky pur à ses lèvres et

cligna de l'œil en souriant. Frank lui en versa un autre, sitôt le premier terminé.

— Alors, comme ça, Mme Harper est allée faire des courses à Palm Beach ? dit-il. Je connais la chanson ! Elle n'est pas près de rentrer, allez ! Elle doit vider tous les magasins de là-bas.

Son visage s'épanouit en un sourire bon enfant.

— A votre place, je ne serais pas tranquille. Elle va vous ruiner ! A moins encore, ajouta-t-il malicieusement, qu'elle ne soit tombée sur un vieux richard du Nord. Elle s'est peut-être dit qu'elle est bien trop jolie pour perdre sa jeunesse avec un pauvre bougre de mécano.

Il rit de bon cœur de sa propre plaisanterie, tapa sur l'épaule de Frank et termina son verre.

Frank le reconduisit à la porte. Il s'efforçait de rire, lui aussi, de prendre la chose du bon côté.

— C'est sûrement ça, insistait Ed. Oh ! moi je ne lui donnerais pas tort ! Jolie comme elle est... Elle a dû accrocher le gros sac : Cadillac décapotable, yacht, tout le bazar. Et du fric comme s'il en pleuvait.

Riant toujours, il fit un signe d'adieu à Frank et grimpa enfin dans sa fourgonnette.

Frank rentra lentement chez lui.

Cet imbécile d'Ed ne pensait pas si bien dire ! C'était pourtant ça qu'elle avait fait ! Elle avait su le dégotter, le type plein aux as, avec Cadillac, fric et tout... Et il s'appelait Flood. James Xavier Flood !

Frank se laissa tomber dans un fauteuil de rotin et, les yeux mi-clos, fixa le plancher sans le voir. Il pensait à Flood. A sa première rencontre avec Flood.

Ça remontait à un an et demi, à peu près. Moins de deux mois après sa démobilisation de l'infanterie de marine.

L'infanterie de marine !... Ma foi, il n'avait pas trop à s'en plaindre. La Corée, ç'avait été dur, bien sûr — terriblement dur même. Mais il s'était engagé de son plein gré et parce qu'il sentait vaguement que c'était son devoir. Pendant ces terribles mois où il avait combattu, par monts et par vaux, dans ce pays lugubre et désolé, il avait au moins connu de bons copains, de vraiment chics types. Jamais il n'en avait eu de meilleurs.

Non, il n'avait pas à se plaindre, malgré l'éclat de mine qu'il avait ramené dans la jambe gauche.

C'était à peu près deux mois après sa démobilisation que Frank avait vu Flood entrer dans sa vie. Ça s'était passé à la suite d'une série d'incidents qui avaient rapidement aigri Frank. Il en était presque arrivé à se mépriser d'avoir jamais contracté un engagement dans l'armée.

La série noire avait commencé aussitôt après sa sortie de l'hôpital, une fois démobilisé et nanti de son certificat de bonne conduite. Dans le train, entre Chicago et Detroit, il était tombé sur deux faisans qui l'avaient arnaqué : il avait laissé plus de mille dollars dans le coup.

Il était encore très faible et se tenait à peine debout. Jamais, sans cela, l'alcool n'aurait eu un tel effet sur lui. Jamais, sans cela, il n'aurait pu être pigeonné à ce point-là !

Les flics ne s'étaient pas exactement payé sa tête, non. Ils s'étaient contentés de hausser les épaules et de lui dire qu'ils ne pouvaient pas faire grand-chose. Ça arrivait tous les jours que des démobilisés rentrant chez eux avec un portefeuille bien garni se fassent soulever leur fric, quand ils avaient trop bu. La police avait autre chose à faire que de servir de nourrice sèche à tous les militaires assez cloches pour se saouler et jouer aux cartes avec des inconnus.

Et puis il y avait eu l'incident de Cleveland, lorsqu'il était retourné à son ancienne entreprise de construction pour essayer d'y retrouver son emploi. Personne n'avait pris sa place, oh ! non ; seulement les affaires ne marchaient pas fort et on n'avait rien à lui offrir.

Le grand Hal Mefford, son ancien contremaître, avait tout de même eu pitié de lui ; il avait tenu à lui avancer cent dollars. Frank était donc revenu à New York, toujours en uniforme, toujours boitant, avec une blessure cicatrisée mais qui le faisait toujours souffrir.

Peut-être avait-il joué la mauvaise carte, par faiblesse, par rancœur, à force de s'attendrir sur son propre sort, mais quoi qu'il en soit, il n'avait même pas recherché un autre emploi. Après avoir traîné la savate quelques jours, il avait abouti à Harlem, un certain samedi soir.

Il avait lié connaissance avec la fille dans un dancing. C'était une belle gosse mince, à la peau olivâtre. Elle lui avait souri, lui avait caressé la joue et lui avait proposé de venir chez elle. Très tard dans la nuit, alors qu'ils marchaient dans la rue (une des petites rues qui donnent dans l'avenue Saint-Nicolas), on l'avait assailli à l'improviste.

Il savait maintenant que la fille était complice de ses agresseurs.

Il y en avait au moins cinq ou six. De petits types râblés, vêtus de façon trop voyante, avec des plumes à leur chapeau. Un instant plus tôt, Frank marchait tranquillement, un bras passé autour de la taille de la fille, quand soudain elle lui avait, pour ainsi dire, glissé entre les doigts. Les autres avaient surgi sur ces entrefaites.

Ils s'étaient rués sur lui, en silence, sans colère apparente, sans animosité particulière. Il aperçut l'éclair d'une lame, sentit un bras lui enserrer le cou et des poings lui marteler le visage.

Il ne put jamais se rappeler par la suite s'il avait ou non aperçu l'auto qui s'était arrêtée le long du trottoir. Il lui semblait vaguement qu'un nouvel arrivant s'était jeté dans la bagarre en battant des bras. Bien entendu il ignorait l'existence de la matraque que l'inconnu tenait à la main et la redoutable précision avec laquelle il l'utilisait.

Quelques instants plus tard, il s'aperçut que l'homme se penchait sur lui et l'exhortait à se lever.

— Vite !

Le visage de l'inconnu était tout proche du sien et il sentait vaguement de l'insistance dans sa voix.

— Ils vont revenir, mon petit gars. Faut se grouiller. Mets-en un coup, bon Dieu !

Il avait fait un grand effort pour se lever ; il avait senti les bras de l'inconnu se passer sous les siens pour l'aider.

Il s'était retrouvé en auto, affalé dans le coin de la banquette avant. Il comprit qu'un moteur puissant venait de démarrer. Un peu plus tard, il avait tourné la tête du côté de son compagnon pour voir plus clairement l'homme qui avait risqué sa peau sans le connaître ni d'Eve ni d'Adam, pour l'arracher à une rixe qui aurait pu être fatale.

Ce fut la première fois qu'il aperçut le visage de James Xavier Flood.

Ils s'étaient arrêtés devant un hôtel ; avec l'aide d'un portier en livrée galonnée, Flood lui avait fait traverser le hall et l'avait embarqué dans l'ascenseur. Un médecin était ensuite venu et Frank se rendit compte plus tard que celui-ci l'avait soigné, pansé et soulagé, avant même de s'occuper de Flood, auquel il avait fallu poser dix agrafes pour fermer la longue estafilade qu'un coup de couteau lui avait infligée au bras gauche.

Le lendemain Flood lui avait fait raconter son histoire, pendant qu'ils déjeunaient tous les deux dans leur chambre. Frank avait voulu remercier son hôte, mais celui-ci lui avait coupé la parole. Flood s'intéressait plus à la biographie de Frank, qu'à ses expressions de gratitude. Ce qui l'intéressait surtout, c'était de savoir comment Frank s'était fourré dans ce guêpier, et de connaître ses projets d'avenir, maintenant qu'il était hors d'affaire.

Par la suite, Frank, en y réfléchissant, eut l'impression de ne pas avoir été pour grand-chose dans ce qui s'était passé. Flood avait pris la direction des opérations dès l'instant où il était passé par hasard en auto sur les lieux de l'agression. Il ne l'avait plus lâchée. Il avait fait soigner Frank ; il lui avait procuré un gîte où il avait pu se reposer et se retaper ; après, il lui avait même fourni un emploi.

Un job pas bien facile à définir. Ça tenait à la fois du chauffeur de grande maison, de la dame de compagnie et du secrétaire. En somme, il était devenu grouillot, mais en plus distingué.

Du reste, cet aspect de ses fonctions ne le vexait nullement. Dans l'état d'esprit où il se trouvait, il aurait fait n'importe quoi pour Flood. Il aurait accepté un rôle encore plus humble que celui de chauffeur et de commissionnaire. Et il aurait même travaillé à l'œil.

Il en avait été ainsi jusqu'au jour, qui se situait trois mois plus tôt, où Flood avait convoqué Frank, pour lui expliquer ce qu'il attendait de lui ; il lui avait parlé de la Floride, de la Banque des producteurs d'agrumes, d'Indio Beach et de Kay...

*

Roy lui tendit le verre qu'il venait de remplir. Elle remarqua qu'il avait de petites mains potelées aux ongles très propres et soigneusement vernis. On eût dit une main d'enfant. Quand elle leva la tête, son regard tomba sur une paire de grands yeux bleus tout remplis d'innocence.

C'était encore presque un enfant ! Pendant un bref instant, elle se demanda si, tout compte fait, elle ne s'était pas trompée d'adresse. Comment diable Flood pouvait-il compter sur ce garçon pour une affaire sérieuse ? On lui aurait pressé le nez, qu'il en serait sorti du lait !

Roy ne rendit pas son sourire à Kay. Il se contenta de lui passer le verre, en la contemplant d'un œil indifférent. Une seconde, leurs regards se rencontrèrent et restèrent accrochés l'un à l'autre. Kay baissa rapidement les yeux.

Non, tout compte fait, ce n'était plus du tout un enfant !

— Je m'appelle Roy, dit-il d'une voix neutre.

Il se détourna, lança son album de bandes dessinées sur un fauteuil, traversa la chambre et vint s'asseoir dans un autre fauteuil, en face de Kay. Une fois de plus son regard se posa sur le visage de la jeune femme et ne s'en détacha plus. De ses yeux qui ne cillaient jamais, il la regarda lever son verre et boire une gorgée de whisky.

Malgré elle, Kay sentait le sang lui monter au visage.

Pendant cinq bonnes minutes, aucun d'eux ne dit mot.

Kay acheva de vider son verre et allongea le bras pour le reposer sur la petite table, à côté du divan. Une seconde, elle se renversa en arrière, mais se redressa aussitôt. Elle venait brusquement de s'apercevoir que ses longues jambes minces étaient croisées et que sa jupe légère lui découvrait le genou. C'était là une attitude qu'elle avait prise des milliers de fois, aussi bien devant des amis que devant des étrangers, sans jamais en avoir éprouvé le moindre embarras. Pourtant, elle décroisa aussitôt les jambes et plaça bien sagement ses pieds l'un contre l'autre, en se tenant très droite sur le divan. De nouveau, elle regarda du côté de Roy.

— A-t-il dit s'il en aurait pour longtemps ? demanda-t-elle. Quand pensez-vous que je pourrai le voir ?

Un instant elle crut qu'il ne se donnerait même pas la peine de lui répondre. Il la dévisageait toujours du fond de son fauteuil. Ses lèvres au dessin si charmant s'entrouvrirent enfin. Sa voix aiguë et grêle était celle d'un adolescent à la période de la mue.

— Non. Il a seulement dit que vous l'attendiez. Vous avez envie de quelque chose, en l'attendant.

— Si j'ai envie de quelque chose ? répéta-t-elle sans comprendre ce qu'il voulait dire.

Il haussa les épaules.

— Ben, oui, quoi. Un autre verre, est-ce que je sais, moi ?

— Non, merci, dit-elle.

Une demi-heure s'écoula. Aucun d'eux n'avait bougé. Kay finit par consulter sa montre, elle s'aperçut qu'il était presque quatre heures. Elle jeta un coup d'œil sur Roy. Toujours assis à la même place, il ne l'avait pas quittée une seconde du regard.

— Il se fait tard, remarqua-t-elle avec un faible sourire.

— Moi, je ne bois pas et je ne fume pas, déclara Roy, dont le visage demeurait toujours aussi impassible. Je veux parler de la marijuana. Je prends rien en fait de drogue. Ça me permet de faire des économies. Mais des filles, j'en ai des masses. N'importe quand. Des tas.

Elle le dévisagea en silence un long moment. Elle ne savait pas s'il attendait ou non une réponse. Elle s'aperçut soudain qu'elle souhaitait du fond du cœur que Flood arrivât bientôt, malgré la peur qu'il lui inspirait et la nature de ce qu'elle éprouvait à son égard depuis quelques semaines.

— Vous en avez de la chance ! fit-elle enfin, non sans se dire aussitôt que sa remarque était d'une rare niaiserie.

Pour la première fois, Roy daigna sourire. Son faible sourire, presque douloureux, ressemblait plutôt à une pénible crispation de ses muscles faciaux qu'à une véritable manifestation de gaieté.

— Je ne me plains pas, reprit-il. On se défend... M'sieur Flood me fait confiance, vous savez, ajouta-t-il en passant subitement du coq à l'âne. Il me comprend, et il sait qu'il peut compter sur moi.

— J'en suis sûre, acquiesça Kay.

Roy se leva et se dirigea vers la chambre voisine.

— Je vais vous chercher à boire, dit-il.

Il sortit en marmonnant une phrase où il était question de femmes.

Il resta dix bonnes minutes absent. Kay commençait à se sentir mal à l'aise quand il réapparut sur le pas de la porte qui faisait communiquer les deux pièces.

Il était nu jusqu'à la taille. Son torse large et massif était très blanc et complètement glabre. Il avait retiré ses chaussures et marchait pieds nus.

Il n'avait pas de verre dans la main. En revanche, il balançait à bout de bras une longue et mince ceinture de cuir qu'il tenait par la boucle. Il lui faisait décrire lentement de larges cercles.

Pendant un intervalle qui parut à Kay durer des heures, ils gardèrent tous deux la même pose, comme s'ils avaient joué un tableau vivant. Roy, debout devant la porte, faisait tournoyer sa ceinture, Kay assise sur le divan le contemplait avec des yeux hagards.

Une succession de trois coups rapprochés retentit soudain à la porte de l'appartement.

— Ça doit être M. Flood, annonça Roy.

Brusquement, il se mit à sourire. Il avait repris son air d'innocent collégien.

*

Il détestait Miami pour les mêmes raisons qui lui faisaient détester Hot Springs, Las Vegas, Los Angeles, Saratoga, pendant la saison des courses et Chicago en tous temps. On ne sait jamais sur qui on risque de tomber, mais dans chacune de ces villes, il y avait un peu plus de cinquante chances sur cent pour rencontrer un truand ou un gangster de connaissance. Ou même un poulet, ce qui était pire.

Bien sûr, les gars du milieu ne lui faisaient pas peur ; ni même les flics spécialisés dans la répression du banditisme. Mais vu son genre de vie et ses activités, il estimait préférable pour sa santé de n'avoir affaire ni aux uns ni aux autres.

Il n'avait jamais eu de contact avec les véritables consortiums de criminels. Il avait toujours évité de se mouiller dans la prostitution, le trafic de la drogue ou même les jeux clandestins. A vrai dire, d'une façon générale, il était toujours resté à peu près en règle avec la loi. Il s'était occupé des boîtes de nuit ; il avait tâté de la contrebande d'alcool, aux temps lointains de la prohibition, mais, à cette époque-là, il était encore tout môme. Bien entendu, en diverses occasions très exceptionnelles, il avait eu certaines activités beaucoup moins recommandables. Mais il avait toujours travaillé seul. Ou, tout au moins, sans se mettre dans les pattes de la pègre organisée. Il lui était arrivé de ne pas opérer seul, mais il avait eu alors des sous-ordres plutôt que des complices. Il avait toujours recruté son personnel avec un soin extrême.

Il prenait bien garde de ne jamais empiéter sur le territoire du voisin, et il faisait preuve de la même prudence quand il choisissait ses collaborateurs ; il ne prenait que des solitaires, des isolés, des excentriques qui, pour une raison ou une autre, ne voulaient pas faire partie de bandes organisées.

Evidemment, ça présentait certains inconvénients. Quand il faisait chou blanc (c'était le cas de sa dernière opération à New York) et qu'il se trouvait gêné dans sa trésorerie, il ne pouvait s'adresser aux mêmes bâilleurs de fonds que les autres. C'était à ces moments-là qu'il était forcé de se mouiller. Il devait alors renoncer momentanément à sa couverture d'homme d'affaires honorable ; exceptionnellement, il lui fallait s'exposer à monter quelque coup fumant pour se refaire.

En contrepartie, il ne dépendait jamais de personne et pouvait ainsi s'adjuger la totalité du butin. Quand il avait réussi un gros coup, il pouvait se remettre à des entreprises commerciales à la fois plus sûres et plus licites.

Aussi, en arrivant à Miami par l'avion du matin, s'était-il directement rendu dans un hôtel moyen et assez peu connu et non dans un des établissements de premier ordre situés sur la plage. Avant de s'inscrire à la réception, il était passé à l'agence d'automobiles de l'aéroport et il avait loué un cabriolet Cadillac en se servant des faux papiers d'identité dont il s'était muni.

Ses bagages portaient les initiales correspondant à sa personnalité d'emprunt ; ils étaient aussi classiques et discrets que les vêtements bien coupés qu'il portait toujours. Il n'avait éprouvé aucune difficulté à quitter l'aéroport, car aucun des policiers chargés de la surveillance des arrivants ne l'avait reconnu.

Son premier coup de téléphone avait été pour Feeney, l'avocat. Il lui avait donné rendez-vous sur le terrain de golf, à onze heures, en se contentant de dire qu'il espérait bien pouvoir jouer dix-huit trous avec lui.

S'il était passé par Miami, au lieu de se rendre directement à Palm Beach, c'était uniquement pour rencontrer Feeney et lui remettre ce qu'il avait apporté à son intention. Pourtant, il envisageait avec autant de satisfaction la perspective d'une bonne partie de golf que les affaires infiniment plus importantes qui l'amenaient si loin de New York.

En arrivant au club, il aperçut Clarence Feeney qui l'attendait sur le perron. Feeney avait passé la soixantaine. Il avait des cheveux blancs de vieil aristocrate et il les portait assez longs, selon la mode chère aux anciens politiciens du Sud. C'était un homme massif, avec un peu de ventre et un visage très rouge, mais sans la moindre ride. Il avait exactement l'air de ce qu'il était : c'est-à-dire d'un homme de loi respectable qui se faisait payer très cher et qui, s'il plaidait parfois une affaire criminelle, n'acceptait le plus souvent que des dossiers de sociétés anonymes ou de grosses successions. Il avait été quelque temps membre du Sénat de Floride, puis juge au tribunal municipal. C'était un père de famille, très bourgeois dans ses habitudes et très connu dans toute la Floride et même dans plusieurs Etats voisins. Il jouissait d'une excellente réputation : on ne le considérait pas comme un juriste transcendant, mais il passait pour un modèle d'intégrité et de correction professionnelles.

Feeney s'approcha du petit escalier qui descendait dans la cour du club au moment où Flood s'arrêtait dans l'allée, et remettait ses clés à un chasseur. Il prit son sac de golf sur la banquette arrière de l'auto et écarta d'un geste, en souriant, un second chasseur qui accourait vers lui. Un instant plus tard, il s'arrêtait devant Feeney, la main tendue.

— Alors, sénateur ? dit-il. Ça me fait plaisir de vous revoir !

— A moi aussi, mon petit, dit Feeney. Un très,

très grand plaisir. Je crois bien que nous allons avoir une journée splendide.

Ce ne fut qu'après leur quatrième trou qu'ils purent s'éloigner assez des caddies pour causer tranquillement.

— Le coup de fil que vous m'avez passé de New York n'était pas très explicite, commença Feeney dont la voix pesante et assez pompeuse exprimait un certain dépit.

Flood hésita. Il s'arrêta, prit un paquet de cigarettes dans sa poche et en tira une. Ils se trouvaient sur le fairway, loin de toute oreille indiscrète.

— Voyons, mon cher sénateur, vous ne tenez tout de même pas, je suppose, à ce que je vous donne beaucoup de détails ?

Feeney sourit.

— Non, évidemment, dit-il. Mais malgré tout, je suppose que ce n'est pas uniquement pour jouer au golf que vous êtes venu ici ?

— Exact, dit Flood. Je suis venu pour vous remettre ceci...

Il enfonça la main dans la poche de son veston de toile, y prit une enveloppe et la tendit au sénateur.

— Il y a dix billets de mille dollars là-dedans, dit-il. Cinq sont pour vous.

Sans hésiter, Feeney prit l'enveloppe et la plaça sans même l'ouvrir dans sa poche intérieure. Il hocha lentement la tête.

— Ai-je au moins le droit de vous demander les motifs de votre générosité ? Et l'usage qui doit être fait des cinq billets restants ?

Flood sourit discrètement et secoua la tête.

— Inutile de me poser de questions, sénateur. Si dimanche ou lundi prochain vous n'avez rien appris de nouveau, vous garderez simplement vos cinq billets et vous me ferez parvenir les autres à votre convenance. Je suis absolument certain que s'ils devaient être utilisés à des fins plus importantes, vous le sauriez à temps. Je ne doute pas que les journaux en parlent.

— Vous comptez rester longtemps en Floride ? demanda Feeney.

— Les cinq mille dollars sont précisément destinés à me garantir contre un long séjour, répliqua Flood. A moins, bien entendu, qu'un événement imprévu, survenant pendant ce week-end, ne retarde mon retour dans le Nord.

— Et au cas où vous ne pourriez pas me toucher, ou que votre départ se trouve retardé, où donc pourrais-je... ?

— Quelque part sur la côte est, entre Palm Beach et Jacksonville, dit Flood. Je suis tout à fait sûr que, s'il arrive quelque chose, vous saurez où me trouver, même si je ne peux pas vous joindre.

Feeney fit un signe d'acquiescement.

— D'autres que vous pourront-ils avoir besoin d'aide pour partir... au cas où, comme vous dites, un événement imprévu surviendrait ?

— Non.

Ils firent quelques mètres en silence.

— Et Goldfarb ? s'enquit Flood.

— Simon va très bien. Il fournit toujours beaucoup de cautions...

— Oh ! je demandais ça, comme ça... dit Flood.

Et ce fut tout. Ils jouèrent cinq trous encore avant d'aller prendre un léger repas au restaurant du club. Feeney insista pour régler l'addition. Flood fit en sorte de ne revenir sur le terrain de golf que bien après une heure. Il dit à Feeney qu'il avait un rendez-vous vers trois heures et lui demanda s'il aurait le temps de jouer encore deux ou trois trous avant son départ. Feeney lui répondit par l'affirmative.

Flood revint à son hôtel à trois heures juste. Ce fut de là qu'il téléphona à Palm Beach, en utilisant la cabine du hall. Il monta ensuite dans sa chambre, prit une douche rapide, se changea et prépara une petite valise. Il laissa son sac de golf et sa deuxième valise dans sa chambre, s'arrêta à la réception et expliqua qu'il allait passer quelques jours chez des amis, dans une des petites îles de la côte. Il demanda qu'on lui gardât le courrier qui pourrait arriver pour lui pendant son absence.

Après quoi, il sortit de l'hôtel, sa petite valise à la main et monta dans son auto de louage.

Pour se rendre en direction du nord, il choisit une petite route, afin d'éviter les encombrements, et ne dépassa à aucun moment un petit quatre-vingts bien régulier. Il ne voulait pas perdre de temps, mais d'un autre côté, il tenait à ne pas se faire coller un procès-verbal pour excès de vitesse.

Il n'était nullement inquiet de ce qui se passait pendant ce temps à l'endroit où il se rendait, car il avait une entière confiance dans chacun de ses collaborateurs. A vrai dire, c'était à cause de leurs bizarreries particulières de caractère qu'il les avait choisis ; chacun avait un rôle bien défini à jouer dans son grand coup.

Flood avait l'impression d'être un metteur en scène de Broadway, qui commence son travail avec le texte complet de sa pièce en main, et qui a eu la veine de pouvoir engager l'acteur idéal pour chaque rôle. A moins d'un accident totalement imprévisible, le succès final était assuré.

*

D'une brusque saccade du poignet, Roy Cluney lança sa ceinture sur le lit de la chambre où il s'était déshabillé. Il alla ouvrir la porte et s'effaça devant Flood.

Pendant une fraction de seconde, celui-ci resta immobile, à cinquante centimètres de la porte. Puis il fit demi-tour, la referma soigneusement, tira le verrou et toisa Kay. Son visage était absolument impassible, mais il cligna lentement l'œil droit. Il se tourna ensuite vers Roy.

— Où est Wally ? demanda-t-il.

Roy haussa les épaules.

— Faut que je vous explique, patron... commença-t-il.

Il loucha du côté de Kay. Il était clair qu'il ne tenait pas à parler devant elle.

Sans mot dire, Flood traversa la pièce et passa dans la chambre voisine. Un instant plus tard, Roy l'y rejoignit. La porte claqua derrière eux.

Roy alla se camper près de la coiffeuse. Il semblait inquiet.

— Qu'est-ce que vous voulez, m'sieur Flood, dit-il, moi, je lui avais bien dit de ne pas sortir... Je leur ai dit à tous les deux...

— Comment ça ? Tous les deux qui ?

— C'est de ça que je voulais vous causer, dit Roy. Wally a amené une gonzesse ici, avec lui.

Pendant un instant, Flood le contempla, abasourdi.

— Nom de Dieu... ! dit-il enfin. Quelle gonzesse ? Qui est-ce ? D'où sort-elle ? Vas-tu accoucher, bougre d'âne ?

Roy recula d'un pas.

— Je ne sais pas qui c'est, m'sieur Flood. Une espèce de traînée qu'il a ramassée à New York avant de partir. Elle nous a rejoints à la gare. Une nommée Doll.

— Doll ? Ah, vingt dieux !

Flood semblait écœuré. Il pivota soudain sur lui-même pour faire face à Roy. Son visage était blanc de colère.

— Abruti ! s'écria-t-il. Tu ne pouvais donc pas me prévenir, espèce d'andouille ?

— Vous m'aviez bien recommandé qu'on ne vous appelle sous aucun prétexte, protesta Roy. Et d'ailleurs vous aviez dit que c'était Wally qui donnerait les ordres. Vous...

— Ça va, ça va, fit Flood. Tu as bien fait. Mais bon sang de bonsoir, qu'est-ce que c'est que cette souris ? Wally lui a fait des confidences peut-être ?

— Je crois qu'ils se connaissent depuis un bon bout de temps, déclara Roy. En tout cas il a l'air de l'avoir dans la peau. Il passe la moitié de son temps au plumard avec elle !

— Ça je m'en fous, dit Flood. Ce qui m'intéresse, c'est de savoir si Wally l'a affranchie.

— Elle sait seulement que nous sommes ici pour affaires, Wally et moi. C'est tout. Enfin, je crois...

— C'est déjà beaucoup. Et même trop. Enfin, c'est bon. Où sont-ils ? J'avais dit à Wally de ne pas bouger, de ne pas sortir de la piaule. Où sont-ils allés ?

— Je crois qu'ils sont sur la plage, dit Roy. En tout

cas quand vous avez téléphoné pour prévenir que vous seriez en retard ils sont sortis. L'autre gonzesse s'est amenée après.

Flood le fixa d'un regard froid, en hochant lentement la tête.

— O.K., dit-il enfin. C'est bon, Roy. Maintenant autre chose. Qu'est-ce que tu foutais là, à moitié à poil ?

— J'allais prendre une douche, dit Roy en regardant Flood de ses yeux candides.

Flood s'assit sur le bord du lit, sans regarder le jeune homme. Sa voix était grave et froide et il parlait très lentement et très distinctement.

— Tu m'as l'air d'avoir oublié dans quelles conditions je t'ai ramassé, Roy, dit-il. Moi, je n'ai pas oublié. Oh, mais non ! Vraiment, tu allais prendre une douche ? Peut-être bien que oui, peut-être bien que non. Tu allais peut-être faire autre chose, hein ? Il leva brusquement les yeux sur Roy et ramassa la ceinture de cuir que celui-ci avait jetée sur le lit. Il la plia en deux, en frappa doucement le creux de sa main à plusieurs reprises et se leva.

Il faisait face à la fenêtre, le dos tourné à Roy, et parlait toujours à mi-voix, d'un ton indifférent.

— Tu as besoin qu'on te rafraîchisse la mémoire, Roy, dit-il. Tu as besoin que je te rappelle ce que je t'avais dit l'autre fois. Souviens-toi : je t'avais prévenu que la prochaine fois que ça t'arriverait, je te laisserais tomber comme une vieille chaussette et que tu serais un homme fini.

A la seconde où il achevait sa phrase, il pivota brusquement sur lui-même et se servit de la ceinture comme d'un fouet, en en lâchant une des extrémités. Elle vint cingler Roy en plein visage, juste sous les yeux, avec un claquement rageur. Un filet de sang suinta presque aussitôt de la zèbrure rouge qu'avait fait apparaître le coup.

Roy se laissa tomber sur une chaise et se mit à pleurer sans bruit, ou plutôt à gémir sourdement d'un ton plaintif.

Flood lâcha la ceinture.

— Maintenant fringue-toi et file au ciné. Tu reviendras ici dans quatre heures tout juste. J'ai dit quatre heures, pas plus tôt, hein ?

Sans un mot de plus, il s'approcha de la coiffeuse, y prit la bouteille de whisky et s'en versa un fond de verre.

Il sortit de la chambre, traversa l'autre pièce sans accorder le moindre regard à Kay et passa dans la salle de bains. Il y trouva un second verre qu'il remplit à moitié d'eau.

Une fois de plus, il revint dans la première chambre ; cette fois il se laissa tomber dans un grand fauteuil capitonné juste en face de Kay, leva son verre qui contenait le whisky et sourit légèrement en regardant la jeune femme.

— Alors, ça va, la môme ? dit-il.

CHAPITRE V

Il était devenu un étranger pour elle ; comme si leurs quatre ans de liaison n'avaient jamais existé, comme si ces trois derniers mois l'avaient, par quelque étrange sortilège, rendue capable d'effacer totalement de sa mémoire tous ces mois, toutes ces années antérieures.

Pourtant, en regardant l'homme assis en face d'elle dans la chambre, elle reconnaissait bien cette maigreur dure si familière, ces cheveux aile de corbeau, grisonnants sur les tempes, ces yeux presque noirs, qu'ombraient des sourcils épais ; ce visage maigre aux os saillants, ce nez fin, ce menton carré… Un instant, elle se dit qu'elle ignorait absolument l'âge de Flood. Ça pouvait être aussi bien trente-huit ans que cinquante-huit. Elle était incapable de préciser.

Quatre ans… Pourtant, à la réflexion, oui, bien sûr, elle le connaissait. Ce n'était pas si facile d'oublier quatre années de son existence. Mais une autre idée lui traversa alors l'esprit : il était bien vrai qu'elle se souvenait, dans ses moindres détails, de ce corps masculin, mais sous la surface, sous cet extérieur si soigné, sous cet épiderme et sous cette chair, il était toujours resté un étranger pour elle, un inconnu.

Et ces quatre mois qui venaient de s'écouler avaient fait de lui un inconnu redoutable ; un inconnu qui détenait le pouvoir de la perdre avec celui qu'elle aimait.

Il lui souriait de ce sourire indifférent, banal, qu'elle se rappelait si bien — de ce sourire qui n'en était jamais tout à fait un, parce qu'il n'exprimait ni la joie, ni même la gaieté, et se limitait à un mouvement de deux lèvres minces découvrant des dents blanches parfaitement rangées.

— Contente de me revoir, la môme ? demanda-t-il sur un ton qui exigeait une réponse.

— Comment vas-tu, Flood ? dit-elle.

Elle s'efforçait de rester maîtresse de ses nerfs. Au moment même où elle posait cette question, elle s'aperçut pour la première fois, avec étonnement, qu'elle l'avait toujours appelé Flood. Il avait horreur qu'on l'appelât par son prénom, et il lui avait dit ne jamais avoir eu de surnom. Chose étrange, malgré leur intimité de plusieurs années, elle n'avait jamais pu se résoudre à employer avec lui d'appellations plus familières, plus caressantes, comme les autres femmes le font avec leurs amants.

— Comment vas-tu ? répéta-t-elle. Quoi de neuf à New York ?

Le sourire de Flood devint un petit ricanement sec. D'un bref mouvement de tête il désigna la porte derrière laquelle Roy se rhabillait. Elle comprit qu'il ne voulait pas parler avant le départ du jeune homme.

— Tu veux boire quelque chose ? demanda-t-il.

Elle hocha affirmativement la tête.

Il chercha de la glace des yeux et, n'en voyant pas, il alla téléphoner pour s'en faire apporter, ainsi que deux bouteilles d'eau gazeuse. Il ne buvait presque rien : tout au plus un ou deux petits verres de whisky par jour. Le reste du temps, il se contentait, par simple politesse, de siroter un peu d'eau gazeuse dans un verre, avec un cube de glace.

Le chasseur arriva avec la glace au moment où Roy sortait. Kay remarqua la vilaine raie rouge qui lui barrait le visage, mais Roy évita soigneusement de regarder la jeune femme. Il parut sur le point de dire quelque chose à Flood, mais devant l'air intraitable du caïd, il se contenta d'un signe de tête, et quitta la chambre.

Flood tendit deux billets d'un dollar au chasseur, et il se retrouva seul dans la chambre avec Kay.

Tandis qu'il lui préparait un whisky-soda, elle s'aperçut qu'elle ne pouvait le quitter des yeux une seule seconde. Impeccable dans son inévitable complet de gabardine grise, avec son linge blanc immaculé, sa cravate au dessin classique, ses chaussettes de soie noire et ses souliers noirs bien cirés, il avait la même froideur impavide qu'à l'ordinaire. Rien n'avait changé. Rien ne changerait jamais chez lui. Et pourtant, c'était devenu un étranger pour elle.

Pareille à un oiseau fasciné par le serpent, elle suivait des yeux les mouvements adroits et rapides de Flood. Il lui tendit son verre.

— Contente de ton petit séjour en Floride ?

Un instant, elle faillit perdre le peu de maîtrise d'elle-même qui lui restait et sentit son cou et ses joues s'empourprer. Mais elle réalisa aussitôt que cette question n'avait probablement aucune signification précise, pas plus d'ailleurs que toutes celles qu'il avait pu lui poser sur ce qu'elle ressentait, sur ce qu'elle avait fait ou avait envie de faire. Ce n'était là qu'une des bizarres manies de Flood : il avait l'habitude d'employer des mots qui semblaient avoir un sens très précis, mais en même temps il les prononçait sur un ton qui leur retirait tout contenu affectif, toute signification.

Il avait continué à parler sans attendre la réponse de Kay, tout en versant un peu d'eau gazeuse sur un cube de glace.

— Tu ferais bien de me mettre au courant de ce qui s'est passé, avant que Wally ne revienne, dit-il.

Elle lui apprit donc comment Frank avait contacté Paulmeyer, lui avait donné tous les renseignements dont il aurait besoin et avait acheté pour lui les outils et le matériel nécessaires. Elle lui parla de l'arrivée de Kosta, et du garage que Frank avait aménagé dans l'ancienne grange. Bref, elle lui énuméra tous les préparatifs qu'ils avaient faits en vue du grand coup depuis leur arrivée à Indio Beach.

Elle passa cependant certains détails sous silence et, bien entendu, resta muette sur la nature de ses relations avec Frank.

Il lui posa d'innombrables questions, sur la ville, sur les gens avec lesquels ils s'étaient liés, sur ceux qu'ils connaissaient, sur leurs voisins, les rues, le climat, les endroits où ils faisaient leurs courses, et même sur la façon dont marchait le poste d'essence. Il tenait à tout savoir.

Elle était restée assise sur le divan, exactement dans la position qu'elle avait prise en arrivant dans la chambre. Ses mains fines s'agitaient nerveusement sur ses genoux ; tous les muscles de son corps immobile étaient contractés. Seuls, ses yeux bougeaient sans cesse, pour suivre Flood qui arpentait la pièce à grands pas.

Il ne se détendait jamais, lui ! Il ne restait jamais en place. Un irrésistible influx nerveux semblait le stimuler constamment. Il semblait parfaitement maître de lui, parfaitement calme et équilibré, mais il ne connaissait pas une seconde de répit, de paix avec lui-même.

A un moment donné, alors qu'il passait derrière elle, il laissa retomber sa main droite et caressa distraitement l'épaule de Kay. Elle sentit sa peau fine se contracter malgré elle au contact des doigts de Flood. Elle comprit aussitôt qu'il s'était aperçu, lui aussi, de ce réflexe et en avait saisi le sens.

Lorsqu'il repassa devant elle, il s'arrêta pour la regarder fixement et elle discerna une étrange expression, légèrement ironique, dans les yeux gris de Flood.

Il multipliait les questions sans se lasser. Il semblait particulièrement désireux d'être renseigné sur tout ce qui concernait Frank. Finalement il s'arrêta une fois encore devant elle et la regarda bien droit dans les yeux.

— Frank a l'air de bien se plaire dans le patelin, en somme ? Mais est-ce qu'il est vraiment heureux ?

— Heureux ? répéta-t-elle sans comprendre.

— Eh bien ! oui, heureux ? Je te demande si Frank est heureux ? Il pourrait l'être, tu sais ! Ça n'est pas à tous les jeunes gars qu'on colle comme ça une femme toute prête.

Elle ouvrit la bouche pour dire quelque chose, mais découvrit au même moment qu'elle ne pouvait rien lui confier.

Elle s'aperçut brusquement qu'il ne lui posait plus

de questions sur la préparation du coup. Il avait appris tout ce qui lui était utile d'en s'avoir. Il abordait maintenant un autre sujet, tout personnel, celui-là.

— Alors, que dit Frank ? reprit-il en s'arrêtant un instant près d'elle avant de se remettre à arpenter la chambre. C'est un brave petit gars, tu sais. Je voudrais que son job lui plaise.

— Oh ! je crois qu'il se plaît pas mal, là-bas, dit-elle, en se rendant compte que sa voix avait cessé d'être naturelle.

D'une brusque volte-face, il revint devant elle.

— Lève-toi ! ordonna-t-il.

Elle obéit lentement. Elle ouvrait de grands yeux, tout en s'efforçant de ne pas paraître étonnée. Elle sentait qu'il allait se passer quelque chose. Mais quoi ? Un instant, elle éprouva comme un sentiment de culpabilité. Elle s'en voulut de cette réaction, mais ne parvint pas à la maîtriser. Elle avait l'impression d'avoir fait quelque chose de mal, d'avoir en quelque manière trahi Flood. Après tout, ce n'était pas si faux, en un sens !

Il se tenait maintenant si près d'elle que les boutons de son veston frôlaient le tissu léger de la robe de Kay. Mais il n'essayait pas de la toucher. Au bout d'un instant, il articula :

— Tu ne m'as pas encore embrassé.

Il avait dit ça sur le même ton que ses précédentes remarques. Ce n'était là qu'une observation banale, qui semblait rattachée au cours général de leur conversation. Mais ces quelques mots firent à Kay l'effet d'une gifle.

Elle voulut ouvrir les lèvres pour répondre, mais une fois de plus se trouva dans l'incapacité de rien dire, paralysée de nouveau par ce bizarre, ce pénible sentiment de culpabilité.

Il ne lui laissa pas le temps de réfléchir.

Il ne s'agissait plus, cette fois, du geste rituel auquel elle s'était depuis si longtemps habituée. Flood avait abandonné, cette fois, son attitude d'indifférence. Brusquement, il enlaça la jeune femme d'un bras pour l'attirer contre lui. En même temps, il lui prenait le menton dans son autre main et lui relevait brutalement la tête. Il se pencha vers elle et sa bouche dure et cruelle vint se précipiter contre les douces lèvres de la jeune femme.

Kay ne parvint pas à s'en empêcher. C'était plus fort qu'elle. Pourtant, elle se doutait bien qu'elle avait tort ; que sa réaction était aussi stupide que dangereuse. Elle savait qu'elle aurait dû s'abandonner à Flood, répondre à l'ardeur de son désir avec un égal enthousiasme, ou du moins se prêter passivement à son caprice.

Mais jamais il ne s'était conduit ainsi. Jamais il ne l'avait serrée avec cette rage presque sadique. Malgré son intelligence, malgré le danger dont elle avait conscience, elle ne put se contenir et se débattit instinctivement.

Les mains de Flood se crispèrent sur elle. Il la poussait vers le divan. Un bref instant, elle parvint à dégager sa bouche. Elle le regarda et faillit hurler.

Aussi brusquement qu'il l'avait saisie, il la lâcha, et recula d'un pas. Brusquement libérée, elle tomba sur le divan.

Il se mit à rire, d'un rire dur et métallique qui résonnait péniblement aux oreilles de Kay.

— Tu m'as fait mal, Flood ! gémit-elle.

Excuses inutiles !

Il prit une cigarette dans le paquet posé sur la cheminée et retourna près d'elle. Son visage avait retrouvé toute son impassibilité.

— Tu n'es plus la même, dit-il. Qu'est-ce qu'il y a, poulette ? Tu ne vas pas me dire qu'en trois mois, tu m'as oublié ?

— Ce n'est pas ça, Flood, dit-elle. Evidemment je ne t'ai pas oublié... Seulement... seulement, tu m'as surprise. Tu es si brutal ! Tu m'as fait mal...

— Alors, rien n'est changé ? insista-t-il.

Elle leva les yeux vers lui, mais se vit contrainte de les baisser aussitôt.

— Rien n'est changé, murmura-t-elle d'une voix à peine perceptible. Seulement...

— Ça va, dit-il tout à coup d'une voix brusquement radoucie. Admettons. Va dans la chambre à coucher pour t'apprêter.

— Mais voyons, Flood, dit-elle très vite, tout en sachant bien qu'il n'était pas dupe, les autres vont revenir d'un moment à l'autre. Nous n'allons tout de même pas...

— Peut-être pas toi, dit-il, mais moi, si. Tu prétends que rien n'a changé ? Ça va, ma poulette, allons à côté, et prouve-le-moi. On verra bien.

Il souriait tout en parlant, mais son sourire était dépourvu de toute gaieté. Elle le connaissait bien ; elle savait de quoi il était capable quand on le contrariait. Et en même temps elle sentait bien qu'il ne la désirait pas vraiment. Il n'avait jamais attaché une grande importance à leurs relations charnelles. En ce moment, il lui tendait un piège bien digne de son ingéniosité naturelle. Il savait ! Sans aucun doute, il était au courant de tout.

Ce qu'elle avait tant redouté s'était produit.

Elle savait bien ce qu'elle aurait dû faire. La plus élémentaire prudence lui conseillait de détourner les soupçons de Flood : sans quoi tout retomberait sur Frank. Flood n'était pas homme à se laisser damer le pion par personne.

Elle savait qu'elle aurait dû s'efforcer, sans perdre un instant, de lui faire oublier ce qui commençait à le travailler. Elle était prête à faire n'importe quoi pour Frank, n'importe quoi au monde pour le sauver.

Mais Flood ne lui laissa pas le temps d'hésiter. Il se pencha au-dessus du divan et, la saisissant par le bras, l'obligea brusquement à se remettre debout.

— Alors tout va bien ? dit-il. Rien n'a changé ? C'est bon. Amène-toi.

De nouveau il l'attira contre lui ; de nouveau sa bouche dure et cruelle se colla sur celle de la jeune femme. Elle sentit le goût de son propre sang sur ses lèvres meurtries.

*

Wally commit deux erreurs.

La première fut d'ouvrir la porte sans avoir frappé. La seconde d'éclater de rire.

Flood était debout, au beau milieu de la chambre, son large dos, tout en os, tourné vers la porte. Il tenait Kay serrée entre ses bras. Il lui avait renversé la tête en arrière et il la contraignait à cambrer le cou de plus en plus tandis que ses lèvres écrasaient celles de la jeune femme. Ils se trouvaient entre la porte et la fenêtre, si bien que leurs silhouettes confondues se dessinaient en ombres chinoises sur le fond lumineux du soleil couchant. Wally ne reconnut probablement pas Flood. Il ne vit peut-être qu'un homme occupé à embrasser une femme, manifestement malgré elle.

L'éclat de rire de Wally fit comprendre à Flood que la porte s'était ouverte. Il repoussa Kay et fit une brusque volte-face. Doll aperçut Flood à son tour. Elle ne le connaissait pas et, sans se rendre compte du danger, elle se mit à ricaner. Elle fut la première à parler.

— Dis donc, Wally, fit-elle, c'est pas possible, Roy a dû sous-louer la carrée pour…

Elle ne put aller plus loin.

Wally avait reconnu Flood. Il discerna aussi, et apprécia à sa juste valeur, l'air furibond qui avait remplacé le masque suave dont se paraît ordinairement le visage de Flood. Sans un mot, il leva la main et gifla Doll à toute volée, en plein sur la bouche.

— La ferme ! lança-t-il.

La douleur arracha à la fille un cri aigu.

— Salaud ! hurla-t-elle d'une voix fêlée.

Flood bondit sur elle d'une détente rapide et silencieuse de félin. Doll sentit des doigts durs comme de l'acier s'enfoncer dans la chair tendre de son bras. Elle avait encore la bouche entrouverte quand Flood l'envoya brutalement dinguer à l'autre bout de la chambre. Elle frôla Kay au passage, trébucha, heurta le divan et tomba dessus à la renverse.

Flood fit claquer la porte à toute volée et se retourna vers les autres. Bouche bée, Wally recula de deux pas en dévisageant son patron d'un air ahuri.

Figée dans une totale immobilité, Kay regardait la scène.

Flood les contemplait toujours sans faire le moindre geste. Doll se mettait déjà à ouvrir sa bouche mutine d'enfant gâtée lorsqu'elle saisit tout à coup le caractère dramatique de la situation. Sa lèvre inférieure se mit à trembler et ses grands yeux bleus s'écarquillèrent encore plus quand elle vit Flood porter lentement sa main droite à son aisselle gauche.

Wally rompit le premier le silence.

— Non ! cria-t-il. Non, m'sieur Flood ! Attendez... Je vais vous expliquer...

Ses minces sourcils se fronçaient très bas sur ses yeux et les muscles de sa mâchoire étaient secoués d'une crispation nerveuse. La peau hâlée de son visage était exsangue et ses gros doigts carrés jouaient à cache-cache sur ses hanches. Il connaissait bien le caractère de son patron et se rendait bien compte de la fragile ténuité de son système nerveux.

La main droite de Flood poursuivit son mouvement. L'instant d'après, il avait extrait de sa poche intérieure le carré blanc d'un mouchoir. Sans paraître se rendre compte de son geste, il se le passa sur les lèvres.

Ce fut comme si on avait brusquement ouvert une fenêtre dans une chambre où régnait jusqu'alors le vide absolu. La pièce se remplit d'air de nouveau.

Kay se détourna et alla s'asseoir sur le divan, à côté de Doll. Wally laissa échapper un long soupir qui s'acheva en une sorte de sanglot. Toujours impassible, Flood parla enfin, d'une voix basse et indifférente.

— Toi, Kay, dit-il, reste là. Surveille-moi cette petite roulure.

Il fit demi-tour et se dirigea vers la chambre à coucher, suivi de Wally. Aussitôt après, la porte se referma sur eux.

Doll tira un poudrier du sac de cuir qu'elle portait

en bandoulière. Elle en sortit une houpette, loucha dans le minuscule miroir qui garnissait le couvercle du poudrier et commença à se repoudrer. Quand elle eut fini, elle attrapa son bâton de rouge et souligna vigoureusement l'arc délicat de ses lèvres. Après quoi, elle rangea avec soin tout son matériel dans son sac et se tourna vers Kay.

— Ben mon colon, fit-elle, c'est bien le premier coup que je vois Wally avoir les chocottes. Et pour les avoir, il les avait vachement ! Dites donc ; ça, au moins, c'est un lion, votre ami !

Kay se contraignit à esquisser un pâle sourire.

— Oui, fit-elle, c'est un lion !

*

Les doigts croisés derrière la nuque, Frank était étendu sur la chaise longue de rotin, à l'abri de la véranda garnie de toile métallique. Couché sur le dos, son corps maigre étiré de toute sa longueur, il n'avait même pas d'oreiller. Il avait beau n'être vêtu que d'un simple short, une mince pellicule de sueur lui couvrait la peau. L'air parfaitement calme était chargé d'humidité. La température n'avait pour ainsi dire pas baissé depuis le coucher du soleil.

Il avait éteint toutes les lampes de la maison, un peu après neuf heures et la véranda se trouvait maintenant, elle aussi, plongée dans l'obscurité. Cela faisait déjà un bon moment qu'il restait là à contempler le plafond sans le voir. Il supposait qu'il ne devait pas être loin de minuit.

Une bonne douzaine de fois, il avait eu envie de se lever pour aller regarder l'heure à la pendule, mais chaque fois, il avait résisté à la tentation. A quoi bon savoir exactement le nombre d'heures qu'avait déjà duré son attente ? Inutile de se torturer davantage !

Il ne bougea qu'en entendant au loin le bruit de l'auto qui approchait sur l'étroit chemin de terre.

Avant même que les phares jumeaux n'eussent éclairé en diagonale l'allée qui menait à la maison, Frank eut la certitude que c'était Kay. Il avait reconnut le moteur à sa toux chronique. Il n'y avait pas à s'y tromper.

Pourtant, bien qu'il eût attendu ce moment-là depuis des heures, les nerfs à vif, il ne se leva même pas quand, l'auto ayant stoppé devant la maison, le moteur cessa de tourner. Ce fut seulement après avoir entendu claquer la porte de treillage métallique et une paire de souliers bas à semelle de crêpe s'avancer sous la véranda qu'il éleva la voix.

— Je suis là, fit-il d'une voix distraite.

Kay s'arrêta net. Après une seconde de silence elle atteignit un lampadaire et l'alluma. Frank, en levant les yeux, aperçut le regard de la jeune femme fixé sur lui.

— Tu m'as fait peur, chéri, dit-elle. Qu'est-ce que tu fais donc ici, mon Dieu ?

— J'avais trop chaud, je ne pouvais pas dormir, expliqua Frank, en se redressant sur la chaise longue. Tu es bien en retard. Tout s'est bien passé ?

Il s'était efforcé de garder un ton indifférent et détaché, mais il détourna les yeux, quand il vit que Kay se préparait à lui répondre.

— Pour moi, oui, dit Kay. Mais il y a eu une petite anicroche. Je t'expliquerai ça...

Frank se décida à se lever, mais il évitait toujours de la regarder.

— Assieds-toi, mon loup, dit-il. Par cette chaleur,

le trajet a dû te fatiguer. Repose-toi un moment. Je vais aller nous chercher quelque chose à boire. Moi aussi, j'ai eu des ennuis ici.

— Des ennuis, Frank ? répéta Kay sans parvenir à dissimuler son inquiétude.

— Oh ! rien de bien grave, poursuivit Frank en se dirigeant vers la maison. Il n'y a pas de quoi s'en faire. Attends que je t'aie rapporté à boire ; nous parlerons ensuite.

— Apporte-moi du Coca-Cola ou quelque chose de pas trop fort, dit Kay. J'ai assez bu d'alcool aujourd'hui.

— Moi aussi, dit Frank. Mais je crois bien que je vais quand même m'envoyer un petit coup de schnick. Tu devrais bien en faire autant.

Il n'attendit pas la réponse de Kay.

Elle se hâta d'ôter ses souliers d'un rapide mouvement des chevilles et quand il revint, après avoir pris le temps d'enfiler un pantalon et une chemise de sport, il la trouva étendue sur la chaise longue. Il lui tendit un whisky-soda.

— Maintenant, raconte-moi ce qui t'est arrivé, dit-il.

Il s'assit près d'elle, mais sans la toucher, les yeux obstinément fixés sur le plancher.

Par petites phrases brèves, Kay le mit au courant. Elle ne lui cacha rien — à part la tentative amoureuse de Flood. Frank attendit en silence qu'elle eût achevé. Il sentait bien qu'elle avait escamoté certains détails et il croyait savoir lesquels.

— Mais qu'est-ce qui t'a retenue si longtemps ? demanda-t-il enfin.

— J'ai été obligée de rester avec cette fille pendant que Flood causait avec Wally. Ça a duré longtemps. Après, Flood a jugé que les choses étaient allées trop loin et qu'il serait dangereux de renvoyer la petite. Ils ont discuté sur ce qu'on pouvait en faire. Ils avaient d'abord pensé que je devrais la ramener et l'installer ici avec nous.

— Et pourquoi ne l'as-tu pas fait ?

— Flood a finalement changé d'avis. Il a eu peur qu'on ne trouve ça louche, si on la voyait revenir avec moi. Ce n'est pas exactement le genre de fille qui...

— Il a eu raison, déclara Frank.

— D'ailleurs, poursuivit Kay, je crois qu'il tenait surtout à pouvoir la surveiller lui-même. De toute manière, ils seront ici demain soir. Et toi ? Raconte-moi un peu ce qui s'est passé ici.

— Tout à l'heure, mon loup. Nous n'avons pas fini. Dans quel état d'esprit était Flood ? Tu comprends ce que je veux dire. Est-ce qu'il... ?

Il aurait bien voulu éviter de poser la question. Il aurait bien voulu ne pas savoir. Mais c'était plus fort que lui ; il avait besoin d'être fixé...

— Oh ! il ne pensait qu'à son affaire, se hâta de répondre Kay. Rien qu'à ça. D'ailleurs Wally et sa poule ont rappliqué sur ses talons. Nous avions à peine eu le temps de causer avant qu'ils n'arrivent. Il a fait une telle histoire à Wally, pour avoir amené cette fille, que nous n'avons plus eu l'occasion de parler seuls.

Frank hocha la tête.

— Tu ne penses pas que...

Kay prit doucement la main de Frank dans les siennes.

— Ecoute-moi un peu, chéri, dit-elle. Tu connais Flood. Tu le connais même probablement mieux que moi. Je n'arrive pas à savoir ce qu'il pense. Pour l'instant, il est complètement plongé dans son affaire. Mais ça ne sert à rien de se leurrer : tôt ou tard il apprendra la vérité. C'est fatal. Même s'il ne la découvre pas de lui-même, il faudra bien qu'on le mette au courant.

— Tu as raison, il faut mettre les choses au point... En ce qui me concerne, j'aimerais mieux lui dire la vérité, dès qu'il arrivera.

Kay le regarda avec une soudaine inquiétude.

— Oh ! non, dit-elle. Il ne faut pas. Pas tout de suite. Tu connais Flood ; il serait fou de rage. Personne ne peut savoir de quoi il serait capable. Sais-tu ce que j'ai pensé ?

Elle hésita une seconde en le regardant bien en face.

— S'il n'y avait pas ce boulot, on pourrait se tirer tout de suite. On prendrait nos cliques et nos claques en douce. Ça arrangerait tout.

— Tu trouves que je devrais laisser tomber ?

— Non, dit-elle, non... Maintenant, nous sommes trop avancés pour reculer. Mais je donnerais gros pour qu'on ne se soit pas lancés là-dedans et qu'on n'ait jamais entendu parler de Flood ni de ce fameux coup.

Frank sourit.

— Tu oublies que, sans cette affaire-là, nous ne nous serions jamais rencontrés. Ne pense donc plus à tout ça pour l'instant, va ! J'ai dit à Flood que je marchais avec lui et je n'ai pas l'habitude de me dégonfler. J'ai mes idées sur Flood, mais ça n'empêche pas que je lui ai donné ma parole. Je lui dois bien ça. Et même plus ! Mais, tu veux bien qu'on parle un peu d'autre chose que de Flood pour ce soir ? Je ne t'ai pas encore raconté ma journée.

Il la mit au courant de l'incendie du hangar ainsi que des faits et gestes de Kosta. Il lui raconta aussi son entrevue avec Paulmeyer au début de l'après-midi.

Il était près de deux heures quand ils se décidèrent enfin à quitter la véranda pour monter se coucher.

CHAPITRE VI

Le jeudi matin, à cinq heures vingt-six exactement, un gros soleil bien jaune se leva au-dessus d'Indio Beach. Il ne s'était pas encore tout à fait hissé au-dessus de l'horizon où, très loin vers l'est, l'océan paisible se confondait avec le ciel sans nuages, qu'on pouvait déjà prédire que la lourde chaleur tropicale où baignait toute la Floride ne connaîtrait encore aucun répit ce jour-là.

Le vieux Paulmeyer, qui s'était éveillé trois heures avant l'aube, accueillit avec satisfaction la première lueur grise du jour. Il se leva, passa dans la salle de bains, au bout du couloir, et se fit couler une pleine baignoire d'eau tiède. Il attendit paisiblement dans son bain que l'eau se fût refroidie à la température de la pièce, se savonna alors vigoureusement, sortit de la baignoire et essuya sa vieille carcasse décharnée avec une grosse serviette éponge.

Il se rasa ensuite avec un antique sabre qu'il affilait de temps à autre sur le cuir accroché à un des robinets de la baignoire.

Drapant sa maigreur dans la robe de chambre fanée qu'il portait maintenant depuis des années, il revint dans sa chambre, rangea méticuleusement ses objets de toilette dans un tiroir de la commode et se mit en devoir de s'habiller.

Malgré la chaleur, il n'avait rien changé à ses habitudes vestimentaires. Il commença par enfiler son tricot de corps, puis une paire de grosses chaussettes de laine dûment maintenues par des fixe-chaussettes et passa ensuite une chemise blanche et un pantalon de serge bleue. Il boutonna son col et noua sa mince cravate noire. Avant de mettre son veston, il chaussa les vieilles bottines démodées que ses pieds déformés par les oignons arboraient depuis maintes années.

Il brossa avec soin le léger feutre qu'il portait hiver comme été, en rabattit le bord sur son front et sortit enfin de sa chambre dont il referma soigneusement la porte à clé derrière lui.

Il était près de sept heures quand il s'arrêta au kiosque à journaux de la station d'autocars et y acheta un journal local du matin. Il repéra un restaurant à sa convenance et alla y commander son petit déjeuner.

Il savait qu'il y toucherait à peine ; il se fit pourtant servir des fruits, des flocons de maïs, deux œufs au bacon, des toasts beurrés et un petit pot de café. Il aimait à faire traîner ses repas en longueur. Et Dieu sait qu'aujourd'hui il avait du temps à tuer ! Il n'avait plus rien à faire qu'à attendre les événements. A quoi pourrait-il s'occuper, une fois son repas terminé ? Il ne lui resterait qu'à retourner s'enfermer dans sa chambre. Or, il souhaitait retarder ce moment-là le plus possible.

S'il avait levé la tête, à peu près à l'instant où il commençait sa seconde tasse de café, il aurait pu voir une auto arrêtée au carrefour, juste devant la fenêtre du restaurant. L'auto attendait que le feu passât au vert, au principal carrefour de la ville, là où la nationale 1 longeait le restaurant, avant de filer au sud, vers Palm Beach et Miami. D'ailleurs, même s'il avait vu l'auto, il n'y aurait attaché aucune importance. Il n'en connaissait pas les occupants, n'ayant de sa vie rencontré Candle qui conduisait, ni Shorty, assis à côté de son copain.

*

Shorty se tenait légèrement penché en avant, tout au bord de la banquette de drap ; il prenait grand soin d'éviter à ses larges épaules le moindre frottement contre le dossier. Son visage et son cou ruisselaient de sueur et il était très mal à son aise.

Le feu changea enfin de couleur. Candle embraya aussitôt et lança sa bagnole en avant, tout en jetant un coup d'œil furtif sur son compagnon.

— Ça te cuit encore, hein, Toto ? dit-il d'une voix amicale.

— Moins qu'hier, déclara Shorty. Mais jamais je n'aurais cru que ce bon Dieu de soleil était aussi chaud ! Quand j'étais couché sur le sable, je ne le sentais même pas.

Candle poussa un petit grognement. Ils étaient maintenant sortis de la ville et roulaient à quatre-vingt-dix.

— Tu aurais peut-être mieux fait de rester sur la plage encore aujourd'hui, dit-il. Ça t'aurait toujours reposé !

— Mince de rigolade ! protesta Shorty. Un jour de plus dans ce bled et j'étais bon à enfermer.

— Il y a des galetteux qui lâchent jusqu'à des

cinquante dollars par jour, rien que pour le plaisir de passer leur temps ici, remarqua Candle.

— Les galetteux sont des cons, rétorqua Shorty. Autrement, ils se donneraient moins de mal pour gagner leur pèze ! En tout cas, puisqu'on avait décidé de chercher une bagnole à louer, j'aimais autant faire ça avec toi.

— Si ça t'amuse d'avoir mal, faut pas te gêner, dit Candle.

Shorty sourit.

— Tu sais pourquoi je tenais tant à venir ? demanda-t-il. (Il se mit à rire tout à coup.) Je me suis dit que tu pourrais bien me déposer au champ de courses, pendant que tu chercherais la bagnole.

Candle hocha la tête. Un sourire releva les coins de sa bouche.

— Tu crois peut-être que je n'y avais pas pensé ? C'est pour ça que j'ai voulu qu'on parte de bonne heure ; hé ! cloche. On prendra la bagnole à Palm Beach, on laissera la nôtre dans un parc et on ira tous les deux aux courtines. On reprendra le tacot en repartant. Tu conduiras le nôtre et moi celui qu'on aura loué.

— Tu crois qu'on rencontrera des millionnaires aux courses ? demanda Shorty.

— Penses-tu ! Il n'y a jamais que des paumés, là-dedans ! Si les rupins jouaient au P.M.U., ils le garderaient pas longtemps, leur fric !

— Nous, dans le fond, après le week-end, on sera aussi des millionnaires, observa pensivement Shorty. Pour une quinzaine, au moins.

— Tant qu'à perdre notre oseille, on ira le jouer honnêtement à Las Vegas, dit Candle. Les courtines, c'est un piège à cons.

— On retournera à New York et on achètera un petit bar dans l'avenue Christophe-Colomb comme on avait toujours dit qu'on ferait, murmura Shorty. Des turbins pareils, ça commence à ne plus être de mon âge.

Candle, tout en roulant en silence, pensait lui aussi au petit bar-grill que Shorty et lui espéraient bien se payer à leur retour à New York. Pour leur dernier boulot, ça serait vraiment du manque de pot de tomber sur un bec. Mais il n'y avait pas grand risque. La veille, il avait eu une excellente occasion d'étudier les réactions de la police d'Indio Beach. Il était en ville, pendant l'incendie et il avait vu tous les flics courir au rif. Non, il n'y aurait sûrement pas de pétard. Flood ne travaillait qu'avec des mecs de première bourre. Avec lui, il n'y avait pas de cafouillage à craindre.

*

Kosta avait ouvert, tout grands, les robinets de la salle de bains. Ce bruit d'eau réveilla Frank Harper sur le coup de sept heures du matin. Il se tira sans bruit du lit, enfila un caleçon, sortit de sa chambre et descendit à la cuisine. Il venait de passer le café et s'était mis à presser un jus d'orange quand Kosta vint le rejoindre.

Kosta avait les yeux légèrement injectés de sang ; à part ça, il paraissait dans son état normal. En se rasant, il s'était coupé le menton, mais il avait collé un morceau de sparadrap sur son estafilade qui ne saignait plus.

Il avait gardé le pantalon du complet qu'il portait déjà le jour de son arrivée, mais il arborait maintenant une chemisette de sport sur laquelle s'épanouissait une extravagante décoration florale. Son col Danton était largement ouvert et les pans de sa chemise flottaient par-dessus son pantalon. Ses petits pieds étaient chaussés de souliers de tennis. Son gros visage paraissait un peu moins blafard qu'à l'ordinaire et il parvint à prendre sans trembler une allumette de cuisine à l'ancienne mode, dans la boîte fixée au-dessus du fourneau, pour allumer sa cigarette.

Il n'avait pas dit bonjour à Frank, dont il ne paraissait pas remarquer la présence. Il alla tout droit à la table de la cuisine, attira une chaise à lui et s'y laissa choir, les deux coudes sur la toile cirée.

— Tu veux déjeuner ? grommela Frank sans tourner la tête.

Kosta leva les yeux vers lui.

— Je prendrais bien un petit verre, dit-il.

— Sans blague ! s'écria Frank. Monsieur prendrait bien un petit verre ? Non mais, est-ce que tu te fous de ma gueule ? Enfant de salaud ! Dégueulasse !

Kosta le fixa sans étonnement et sans crainte.

— Je prendrais bien un petit verre, répéta-t-il simplement.

— Tu serais bien avancé, grogna Frank. Cette fois, c'est tout le patelin que tu ferais flamber, probable ?

— Qu'est-ce que c'est que ces salades ? protesta Kosta. T'es pas un peu dingue ?

Frank lui tourna le dos en haussant les épaules.

— C'est plutôt toi qui es sonné ! Bon à enfermer même. Flood aurait bien dû se douter du coup.

Il allongea la main vers le robinet à gaz du percolateur et le ferma.

— Je te refilerai un petit coup de gnôle avec ton café quand tu auras becté, dit-il. Et si tu recommences à jouer au petit soldat, ça sera tant pis pour ta pomme. Tu feras bien de numéroter tes abattis quand Flood rappliquera ce soir.

*

Le bruit de vaisselle qui montait de la cuisine, située juste au-dessous de sa chambre, la réveilla. Pendant un bon moment, elle resta immobile dans son lit, les yeux clos. Elle était couchée sur le flanc droit, ses longues jambes à demi repliées ; un de ses bras, passé par-dessus le drap blanc, caressait vaguement le creux encore tiède du lit, à côté d'elle.

Elle s'éveillait toujours très lentement et ne reprenait que peu à peu conscience de l'endroit où elle se trouvait et de sa propre personnalité. Il lui fallut un petit moment pour reconnaître les bruits de cuisine provenant du rez-de-chaussée. Mais, quand elle eut repris ses esprits, elle ouvrit rapidement les yeux et contempla le mur d'un blanc grisâtre.

Presque aussitôt, comprenant que Frank s'était déjà levé et que c'était sûrement lui qui préparait le petit déjeuner en bas, elle se sentit pleine de remords à la pensée qu'elle l'avait laissé se lever le premier pour se charger d'une corvée qui, normalement, lui incombait à elle. Là-bas, dans son appartement de New York, elle ne prenait pour ainsi dire jamais la peine de faire de la cuisine, à part des sandwiches, ou quelques plats froids. Elle avait oublié presque toutes ses notions culinaires au moment de son arrivée à Indio Beach. En revanche, au cours de ces trois derniers mois, elle avait repris l'habitude de travailler dans sa cuisine. Cela faisait partie du plan de Flood : dans la pièce qu'ils jouaient, il lui avait confié le rôle d'une jeune épouse heureuse ; aller aux provisions, préparer les repas, tout cela s'insérait dans le plan d'ensemble. Elle n'avait d'ailleurs pas tardé à s'apercevoir qu'elle aimait ça. De corvée, c'était devenu pour elle un plaisir, un moment de la journée qu'elle attendait maintenant avec impatience. Elle n'était pas une très bonne cuisinière, car elle manquait des principes de base, mais elle se donnait beaucoup de mal et apportait un grand enthousiasme à sa tâche.

Frank s'était montré un partenaire idéal dans cette petite comédie domestique. Lui aussi, il avait presque oublié le goût des plats que l'on prépare chez soi, l'agrément d'avoir constamment quelqu'un pour vous servir avec le désir fervent de vous satisfaire. Ils avaient donc joué le jeu avec conviction et, bien vite, ç'avait cessé d'être un jeu pour devenir la trame d'une véritable existence commune. Avant même qu'aucun d'eux ne l'eût compris, la comédie était devenue réalité. Kay n'aurait, certes, pu se donner plus de mal, ni prendre son rôle plus au sérieux s'ils avaient été de vrais jeunes mariés commençant pour de bon leur vie conjugale.

Aussi, confuse de sa paresse, elle se retourna rapidement en secouant la tête pour écarter les longs cheveux blonds qui lui tombaient sur les yeux et s'assit dans son lit.

Lorsqu'elle entendit un murmure de voix monter du rez-de-chaussée, elle comprit aussitôt que Kosta devait, lui aussi, se trouver dans la cuisine. Elle laissa retomber sa tête sur l'oreiller. Elle ne se sentait pas le courage d'affronter Kosta, si peu de temps après ce que Frank lui avait raconté.

Elle se recoucha donc et ferma un moment les yeux, espérant parvenir à se rendormir. Mais le sommeil ne vint pas.

Elle constata que, plus elle essayait de ne pas penser à Kosta, plus elle songeait à Flood dont l'arrivée était prévue pour le soir.

Pour la première fois elle prit alors brutalement conscience de ces quatre années qui venaient de s'écouler et comprit avec angoisse ce qu'elles avaient signifié pour elle. Pour la première fois aussi, elle éprouva un profond, un amer regret de les avoir gâchées sans profit.

Elle arracha son visage du creux de l'oreiller, se retourna sur le dos et contempla le plafond d'un œil sec.

Avec cette rapide et claire logique des femmes qui ont rencontré l'amour, elle chassa aussitôt de son cerveau les souvenirs et les regrets de ces quatre années, pour ne plus penser qu'à elle, à Frank, à leur avenir à tous deux. Mais soudain, une nouvelle idée, surgie du néant, lui traversa l'esprit.

« Mon Dieu, se dit-elle, mais après tout, que faisons-nous ici, Frank et moi ? Frank n'est pas un criminel, un braqueur de banques. Moi non plus. Peut-être avons-nous commis tous deux des actes qui heurtent la morale traditionnelle ou même des infractions aux lois, mais aucun de nous n'est véritablement un criminel. Comment avons-nous pu nous trouver mêlés à toute cette histoire ? Je me moque bien de l'argent et je suis sûre que Frank pense comme moi là-dessus. Ce dont chacun de nous a besoin, c'est de l'autre ; rien que de l'autre. Et d'une possibilité de reprendre ensemble un nouveau départ. Qu'on nous laisse en paix, qu'on nous permette de vivre, c'est tout ce que nous demandons. »

Elle rejeta soudain son drap, se glissa hors du lit et alla prendre une douche rapide dans la salle de bains.

Elle voulait descendre parler à Frank le plus tôt possible. Elle voulait lui faire part de ses réflexions. Et cela, immédiatement, avant qu'il ne fût trop tard.

Maintenant enfin, elle y voyait clair.

*

Wally était étendu sur le dos, dans le lit jumeau voisin de celui où se vautrait Roy. Roy savait que son camarade ne dormait pas. Il l'avait écouté se retourner et s'agiter en respirant bruyamment. Il l'avait entendu tousser et se racler la gorge.

Mais, tout en sachant fort bien que Wally ne dormait pas, Roy ne pouvait s'empêcher de rire. C'était même pour lui un motif supplémentaire d'hilarité. Il s'efforçait de faire le moins de bruit possible, mais il sentait que Wally l'entendait et savait bien qu'il se payait sa tête. Et puis après ? Avec un salaud pareil, il n'allait pas se gêner.

La situation était indiscutablement comique, même si Wally n'en appréciait peut-être pas tout l'humour. Non, Wally ne devait pas trouver ça rigolo, lui, le faux dur qui affectait toujours de se montrer si sûr de lui.

Ma foi, M. Flood l'avait au moins ramené à une plus juste appréciation de la réalité. Roy aurait bien voulu être là, la veille, quand Wally et Doll s'étaient trouvés nez à nez avec Flood. Ça avait dû valoir le jus ! Malheureusement, quand Roy était rentré à l'hôtel, le gros de l'orage était déjà passé. A voir la gueule de Wally, il avait dû y avoir du sport !

De nouveau, Roy ricana sous cape en se remémorant le tableau sur lequel il était tombé en entrant dans la chambre — non sans avoir prudemment frappé.

Les sourcils froncés, l'air hargneux et comme prêt à mordre, Wally était assis sur le divan. Il se tenait la tête dans les mains et un filet de sang lui dégoulinait encore du coin de la bouche. Quant à Doll, elle qui avait toujours regardé Roy comme la boue de ses souliers, elle se faisait toute petite au bord d'une chaise et contemplait Flood d'un air ébahi. Flood venait apparemment de lui dire deux mots.

Flood avait levé la tête en entendant Roy entrer dans la chambre. Il l'avait expédié chercher des sandwiches et des sodas. Un peu plus tard, ils s'étaient attablés tous les quatre pour casser la croûte. Tant qu'ils avaient mangé, Flood était resté muet. Il avait ensuite informé Wally de sa décision, sans même paraître s'apercevoir que Doll était toujours dans la chambre avec eux.

— Tu l'auras cherché, avait dit Flood en fixant durement Wally. Il y avait une connerie à ne pas faire ; tu le savais, mais tu l'as faite quand même quand tu as ramené cette souris avec toi. C'est peut-être une gourde, mais pas au point de croire qu'on est tous venus ici pour admirer le paysage. Elle en sait trop.

Doll paraissait plus morte que vive. Oh ! bien sûr, elle n'était pas maligne et n'avait pas pour deux sous d'imagination, mais elle était capable de se rendre compte du pétrin où elle s'était fourrée. Quand elle avait voulu l'ouvrir, Flood s'était contenté de regarder de son côté ; elle n'avait pas insisté. Quant à Wally, il n'avait pas même essayé de parler.

— Si je n'étais pas si pressé, avait dit Flood, j'aurais chargé notre ami Roy de l'emmener en java... à sa façon. J'aurais même pu charger Wally lui-même de l'opération. Mais nous n'avons pas le temps et je ne tiens pas à m'exposer à des risques supplémentaires. Il n'y a qu'une solution : elle va rester avec nous en attendant que tout soit terminé.

Il avait hésité une seconde et Roy avait entendu Wally pousser un long soupir de soulagement. Doll elle-même s'était rencognée dans son fauteuil, l'air un peu rassuré. Mais Flood n'avait pas encore fini.

— Après... je ne sais pas encore. Ça dépendra. En attendant elle va décarrer d'ici. Roy et toi, Wally, vous resterez seuls dans la turne comme prévu. Demain, en fin d'après-midi, vous ferez vos paquets, vous réglerez votre ardoise et vous vous ramènerez en bagnole à Indio Beach. Vous avez un plan et mes instructions. Vous devez savoir où aller. Je ne serai peut-être pas là quand vous arriverez, mais ça ne fait rien. Et à partir de maintenant, finies les conneries, hein ? N'allez pas encore vous foutre dans une sale histoire. Ne buvez pas, ne roulez pas trop vite et tâchez d'arriver là-bas sans vous faire repérer. Et surtout, quand vous serez à Indio, rappelez-vous bien que s'il y a des bagnoles autres que la Chevrolet arrêtées là où vous savez, vous ne devez pas descendre. Vous reviendrez plus tard.

Wally risqua un coup d'œil du côté de Doll.

— Ça, c'est les consignes pour Roy et moi, dit-il, mais il reste...

— C'est à elle que tu penses ? coupa Flood en se tournant vers la petite. Te fais pas de mouron pour ça. On s'est déjà suffisamment cassé la tête avec cette souris. Maintenant tu peux passer la main. Je m'en charge.

Il avait repris son veston sur le dossier d'une chaise.

— Toi la môme, radine-toi. Je t'emmène.

Ah ! ça c'était au poil ! Roy se remit à rire, d'un méchant petit rire étouffé, en se rappelant la gueule qu'avait faite alors Wally quand il avait vu Flood et Doll sortir ensemble. Flood n'avait pas offert à la gonzesse de lui porter sa valise et quand elle était passée devant Flood qui lui tenait poliment la porte, on voyait bien qu'elle serrait drôlement les fesses.

La voix de Wally interrompit les songeries de Roy.

— Qu'est-ce qui te fait marrer comme ça ? demanda-t-il.

Il n'avait plus du tout l'air d'un dur et parlait d'une voix dolente.

— Toi, bien sûr, répliqua Roy en se retournant. Toi et Doll. Je trouve même ça crevant.

— Elle peut aller se faire voir, celle-là, déclara Wally. Si tu crois que j'y tiens !

— Pas plus que moi, c'est d'accord, répliqua Roy. Mais je me demande quand même ce que le patron peut bien être en train de fricoter avec elle. Je n'aurais pourtant pas cru que c'était le mec à se contenter de laissés-pour-compte. Jamais je...

— Tu débloques, grogna Wally. Flood s'est imaginé qu'elle risquait d'être dangereuse. Si ça se trouve, il l'a embarquée pour...

— Penses-tu ! protesta Roy. Tu ne le connais pas. S'il avait voulu la descendre, c'est à moi qu'il aurait refilé la corvée. Les sales turbins, très peu pour lui ! Il a bien trop peur de se mouiller !

Wally grogna quelques mots et se redressa pour prendre une cigarette.

— Ils peuvent aller se faire foutre, tous les deux ! conclut-il. Ce qui compte, c'est qu'il nous reste une journée à tirer ici. Qu'est-ce que tu dirais qu'on se fasse monter de quoi casser la graine ? A moins que t'aimes mieux faire un tour ?

— C'est ça, dit Roy. Fringuons-nous et sortons. On pourra aller manger un morceau dehors et finir la matinée dans un ciné.

— Un ciné ? T'es pas dingue ? Tu te crois où ? A New York ? Dans ce bled, c'est fermé le matin, les cinés. On ferait mieux de chercher un bistrot où on pourrait faire une partie de billard. A moins qu'on aille sur la plage prendre un bain ?

— J'aime mieux faire un billard, dit Roy. D'accord : on commence par croûter, et on jouera après.

Il bâilla, s'étira et se laissa glisser du lit.

— Tout de même, je me demande bien ce qu'il est en train de fabriquer avec elle ! remarqua-t-il en se dirigeant vers la salle de bains.

*

Le jeudi matin, un peu après neuf heures et demie, Mme Carrie Emerson Gillette se rendit au bungalow n° 9 pour s'assurer que Hettie avait bien changé les draps et les serviettes et n'avait pas oublié de balayer sous la commode. Elle vérifia avec soin les couvertures et compta les cendriers, pour voir si les précédents occupants n'avaient rien emporté avec eux, quand ils étaient partis, une heure plus tôt.

Avec un sourire amer, elle constata qu'un des essuie-mains et l'ampoule de l'applique fixée à la tête du lit à deux places manquaient à l'appel. Elle se dit qu'il faudrait signaler à Hettie de les remplacer, ferma derrière elle la porte du bungalow et se dirigea vers le numéro 10.

Elle s'aperçut que la Cadillac noire était restée dans l'allée à côté du bungalow. En voyant un numéro minéralogique de Floride fixé au pare-chocs arrière, elle reconnut tout de suite qu'il s'agissait d'une auto de location.

Elle regagna son bureau avec un haussement d'épaules. Elle savait bien ce que signifiait la présence dans son camp de touristes d'une auto de location : les clients du 10 n'allaient certainement pas partir avant midi. Les bungalows de Mme Gillette se groupaient sur le côté de la grand-route, juste à la sortie de la ville, et ses hôtes y passaient rarement plus d'une nuit. Les touristes qui comptaient séjourner quelque temps en Floride descendaient ordinairement dans un des hôtels donnant sur la plage, ou alors dans des relais d'une classe supérieure, où ils pouvaient trouver piscines, restaurants, et le reste.

« Dieu merci, pensait Mme Gillette, le jour n'est pas encore venu où je ferai installer une piscine chez moi ! Je préfère encore les clients à la nuit. Après tout, j'arrive à m'y retrouver à peu près et j'aimerais mieux crever que de dépenser un *cent* de plus qu'il ne faut pour ces oiseaux-là. »

Elle aurait cependant souhaité que ses clients aient le tact de décamper le matin de bonne heure et de lui laisser ainsi la possibilité de faire les chambres et de s'avancer dans son travail. C'était vraiment scandaleux de voir des gens passer ainsi la moitié de leur journée au lit !

De retour dans son minuscule bureau, elle appela

Hettie à tue-tête. Sans attendre de réponse, elle alla se pencher ensuite sur sa table pour examiner son registre.

Pardi ! Elle l'aurait parié ! M. et Mme George Harvey, de Miami.

M. et Mme Harvey... Tu parles ! Lui, c'était sans doute un homme d'affaires bedonnant, marié et père de famille, qui s'octroyait une nuit de détente avec sa dactylo. Mme Gillette n'était pas née d'hier. De nouveau elle appela Hettie.

Du reste, ça lui était bien égal. Les clients qui arrivaient chez elle dans des autos de location et passaient la nuit avec leur dactylo ou leur petite amie présentaient au moins un avantage. Avec eux, on n'avait jamais d'histoires. Ils ne fauchaient pas les serviettes et ne faisaient pas de tapage. Tout ce qu'ils demandaient, c'était qu'on les laisse bien tranquilles.

*

La voix aiguë de Mme Gillette appelant Hettie avait réveillé Flood en sursaut.

Il allongea machinalement la main pour prendre sa montre-bracelet d'or massif sur la table de nuit. Les jalousies étaient baissées, mais elles laissaient filtrer assez de lumière dans la chambre pour lui permettre de lire l'heure. Il remit la montre à sa place et s'étira. Ce mouvement lui fit heurter le sein de la femme qui était couchée à côté de lui. Il se souvint alors de l'endroit où il se trouvait et de ce qui l'y avait amené.

Il tourna la tête pour mieux apercevoir le visage de sa compagne de lit. Ses cheveux roux en désordre qui lui tombaient jusqu'aux épaules masquaient ses yeux fermés. Sa bouche barbouillée de carmin était entrouverte ; elle respirait bruyamment. Flood remarqua qu'elle avait des dents étonnamment blanches, mais que son visage presque enfantin était fort sale et strié de traînées de crasse. De plus, elle ne s'était pas donné la peine de se démaquiller avant de se coucher. Elle était allongée sur le dos, les jambes écartées et sa respiration soulevait légèrement la mince toile du drap sur son corps nu.

« Bon Dieu ! se dit tout à coup Flood en la regardant. C'est quand même formidable ce qu'on devient peu dégoûté, dès qu'on se trouve au plumard avec quelqu'un ! »

Avec une moue écœurée, il fit un mouvement pour se tirer du lit. Ce geste dérangea sa compagne qui poussa un petit grognement dans son sommeil. Flood se leva, passa dans la salle de bains et ouvrit le robinet de la douche.

Il était furieux d'avoir cette fille sur les bras pour le reste de la journée. Encore une chance, quand ils étaient arrivés la veille au soir, qu'ils n'aient rencontré personne d'autre que le nègre qui passait la nuit dans le bureau. S'il y avait une chose que Flood s'était toujours interdite, c'était bien de se faire voir en public en compagnie d'une respectueuse trop aisément repérable. Et pour ça, Doll l'était ; et comment !

Pourquoi diable, toutes ces petites grues n'avaient-elles jamais assez d'idée pour apprendre à s'habiller, à se coiffer et à se maquiller de façon à ne pas avoir exactement l'air de ce qu'elles étaient ?

Malgré la nuit qu'il venait de passer avec elle, Flood maudissait cordialement la fille et se mordait les doigts d'être obligé de se montrer en sa compagnie. Cette perspective lui était odieuse, mais il savait que c'était à peu près inévitable. Tant que tout ne serait pas fini, il était bien décidé à ne pas la quitter d'une semelle.

Et après ? Ma foi, à ce moment-là, il la refilerait sans doute à Roy. Il leur paierait un billet d'avion pour Cuba, les îles de la Vierge, ou n'importe quel bled où ils n'auraient pas besoin de passeport. On pouvait faire confiance à Roy : la question serait vite réglée. Pas besoin de lui faire un dessin.

Flood sourit un instant sous sa douche. Oui, avec Roy, ça ne ferait pas un pli : il agirait de sa propre initiative et sans même se soucier de ce que pourrait en penser Flood. Celui-ci espérait bien gagner sur les deux tableaux : il comptait fermement que Roy se ferait épingler quand il aurait... enfin, quand l'inévitable se serait produit.

Quand Roy n'aurait plus Flood pour s'occuper de lui et le guider de ses conseils, il aurait toutes chances de se faire alpaguer. C'était une simple question de temps. Tôt ou tard, d'une manière ou d'une autre, il se ferait embarquer. C'était réglé comme du papier à musique. Roy finirait par refroidir une gonzesse et les poulets lui mettraient le grappin dessus. Flood espérait bien que la gonzesse en question serait Doll.

Après sa douche, quand il se campa devant la glace pour se raser, il ne pensait plus à Doll, mais à Kay.

— La garce ! marmonna-t-il entre ses dents. J'aurais bien dû me douter que ça finirait comme ça !

Ses lèvres minces se crispèrent et il ferma à demi les yeux tout en se penchant en avant pour se passer le rasoir sur le menton.

Il n'allait tout de même pas en faire une maladie. De toute façon, il en avait soupé de Kay. Seulement, il n'admettait pas qu'on essaye de le doubler. Il n'acceptait ça de personne. Il aurait volontiers passé sa maîtresse à Frank, et sans regrets encore ! Mais quant à les laisser se payer sa fiole, ça non. Plutôt crever ! Une fois réglé le coup de la banque, il allait remettre tout ça au point. Ça allait lui faire bien des questions à trancher : Roy... Doll et Wally... Frank et Kay...

Heureusement qu'avec Candle, Shorty et le vieux Paulmeyer, il n'y avait pas à se casser la tête. Pas plus du reste que pour Kosta. Kosta et Roy c'était du même tonneau : un jour ou l'autre, ils se jetteraient dans la gueule du loup. Il suffisait de savoir attendre.

Bon Dieu ! Il fallait décidément fréquenter du bien drôle de monde pour gagner son bœuf !

*

Le jeudi, en fin d'après-midi, un violent vent du nord se leva soudain, amenant avec lui des rafales de pluie. On commença à diffuser des avis de tempête. Les météorologistes se mirent à surveiller fébrilement leurs baromètres et se préparèrent à lancer des avis de cyclone. La saison était pourtant bien avancée déjà pour des cyclones, mais sait-on jamais ? En Floride, le temps vous réserve parfois d'étranges surprises. Une chose, en tout cas, était certaine : il allait faire froid. Froid pour la Floride, s'entend. Le thermomètre avait déjà baissé de plusieurs degrés.

Hal Morgan avait passé toute la matinée dans son bureau, à la banque. A midi, il avait parcouru en voiture l'avenue des Orangers et traversé la rivière des Indiens pour gagner la plage. Il avait arrêté sa Pontiac devant le restaurant de l'Atlantique, où les membres du Rotary Club avaient coutume de se réunir chaque semaine. Hal avait deux motifs pour se montrer assidu à ces réunions : tout d'abord, il était d'une sage politique d'entretenir de bonnes relations avec les négociants et les petits industriels de la ville ; ensuite — et c'était là une raison plus importante encore — cela fournissait à Hal un excellent prétexte pour prendre tout son après-midi et aller faire une partie de golf.

Hal avait expliqué en détail son point de vue au vieux R. P. Matthews, président et principal actionnaire de la banque : le fait de déjeuner et de jouer au golf avec les clients facilitait beaucoup les relations d'affaires, les rendait plus cordiales et permettait de se faire de bons amis personnels, aussi bien d'ailleurs parmi les anciens clients que parmi ceux qui pouvaient le devenir. Le vieux Matthews lui, était arrivé à monter sa banque en partant de zéro et sans jamais apprendre à jouer au golf, ni même partager, ne fût-ce qu'un sandwich, avec un client, mais il avait l'esprit large. Il savait bien qu'on a du mal à recruter de bons fondés de pouvoirs, quand on ne les paye à peine plus d'un maçon qualifié. Il s'était donc contenté d'acquiescer d'un air sagace et de dire à Hall que, du moment où celui-ci jugeait la chose utile, il ne s'y opposait pas.

— Prenez un après-midi de liberté par semaine, si vous voulez, avait-il dit, mais rappelez-vous que l'essentiel de votre travail ne peut se faire qu'au bureau. C'est là que viennent nos déposants, les gens qui apportent de l'argent à la banque au lieu de lui en prendre.

Le vent soufflait déjà à près de quarante à l'heure quand Hal s'arrêta devant le restaurant de l'Atlantique. Il remonta soigneusement les vitres de sa voiture pour empêcher le sable d'y pénétrer.

Il fit une première station au bar, où, après avoir dit bonjour à Eddy, le barman, il s'installa sur un tabouret. Il était arrivé le premier et, d'autorité, Eddy se mit en devoir de lui préparer un Martini. Hal prenait toujours deux Martini avant le déjeuner de la section locale du Rotary, qui avait lieu dans la salle à manger du fond.

Il avait déjà bu la moitié de son premier verre quand la porte s'ouvrit pour laisser entrer Paul Turner, auquel appartenait le moins important des deux grands magasins de la ville. Il était accompagné du gros Jim Beardon, qui exploitait la laiterie d'Indio Beach.

D'une main qui ressemblait à une pelle à vapeur en miniature, Jim assena une claque amicale sur l'épaule de Hal, tout en adressant un signe de tête à Eddy. Le barman rendit son salut à Jim et se saisit aussitôt de la bouteille de scotch, en feignant de ne pas remarquer la présence de Turner qui ne buvait pas et ne payait jamais à boire à personne.

Eddy aimait bien le gros Jim Beardon. Outre sa laiterie, celui-ci s'occupait aussi d'élevage et d'agrumes ; il était à peu près le seul homme d'affaires du cru à boire du scotch. C'était aussi le seul qui pensât jamais à laisser un pourboire au barman.

Le gros Jim faisait à ses amis le récit d'un match de football qu'il était allé voir en Georgie, la semaine précédente, quand Sam Loxley vint les rejoindre à son tour. Lui non plus ne laissait jamais de pourboire, mais chaque fois qu'il prenait un verre, il offrait une tournée générale à laquelle il conviait toujours Eddy. Eddy ne buvait pas, mais il ne manquait jamais, à cette occasion-là, de prendre un cigare dans la réserve du bar et le plaçait scrupuleusement dans la poche intérieure de sa veste blanche.

Tandis qu'Eddy préparait le second Martini de Hal Morgan, Sam se mit à parler de l'incendie de la veille.

— C'est vraiment curieux, dit-il, mais figurez-vous que tout à l'heure, je causais avec Waldo. Il m'a raconté que les gens de la compagnie des chemins de fer étaient venus le voir. Ils auraient l'air de croire à un incendie volontaire. D'après eux, quelqu'un aurait mis le feu à l'entrepôt.

Morgan le regarda avec étonnement.

— Exprès ? Mais qui diable aurait fait ça ?

— Est-ce que je sais, moi ? Je vous répète seulement ce que me disait Waldo.

— Moi, ça m'étonnerait, observa le gros Jim avec son accent traînant du Texas. Ça m'étonnerait même bougrement. N'oubliez pas qu'une escroquerie à l'assurance est hors de question.

— C'est bien ce que j'ai dit à Waldo, poursuivit Sam. Et s'il n'y a pas d'histoire d'assurance là-dessous, pourquoi diable aurait-on voulu mettre le feu à un entrepôt ? Surtout celui-là, Il n'y avait là-dedans que quelques meubles et des matériaux de construction qu'on n'avait pas encore eu le temps de livrer. La compagnie des chemins de fer indemnisera les propriétaires et tout sera dit.

Cessant un instant de secouer son shaker, Eddy leva la tête.

— Ç'aurait pu être un coup de cinglé, remarqua-t-il. Vous voyez ce que je veux dire ? Comment appelle-t-on ça, déjà ?

— Un pyromaniaque ? dit Morgan. Mais nous

n'avons pas de ça chez nous, voyons. Tout de même ! Il y a déjà les touristes ; et Dieu sait qu'ils ne manquent pas d'idées loufoques, mais des criminels ou des fous, non. Pas à Indio Beach. Nous ne sommes pas à Miami.

Le gros Jim se mit à rire et commanda une autre tournée.

— Tous les touristes sont cinglés, déclara-t-il. Après tout, rien ne prouve qu'il ne puisse pas y avoir de criminels ou de fous dangereux dans le tas. Jusqu'à présent, nous avons eu assez de chance : ça s'est limité à pas mal d'ivrognes, à quelques pédés et à deux ou trois artistes ou écrivains. Mais on ne sait jamais, mon vieux ! On ne peut pas savoir...

— Non, pas chez nous, répéta fermement Morgan. Pas à Indio Beach. Songez que nous n'avons pas eu un seul crime important, ici, depuis vingt ans. A part deux ou trois rixes au couteau dans le quartier nègre, bien sûr...

CHAPITRE VII

Si, ce même jeudi, en fin d'après-midi, une certaine Millie Hartman, coiffeuse de son état, et travaillant sans enthousiasme et, assurément, sans ambition, au Salon Select d'Indio Beach, n'avait pas songé davantage à son amant — un vendeur de bonneterie féminine de Jacksonville — qu'à sa besogne, Roy et Wally n'auraient sans doute jamais rencontré deux autres lascars dont la destinée était pourtant étroitement liée à la leur.

Alice Loxley allait une fois par mois chez son coiffeur. Le jeudi était son jour attitré, mais cette semaine-là, elle avait été contrainte de manquer son rendez-vous, faute d'avoir pu obtenir la personne qui lui gardait habituellement ses enfants. Elle n'était donc arrivée au salon de coiffure qu'à cinq heures moins dix, juste au moment où Millie s'apprêtait à quitter son travail, sa journée finie.

L'aimable sourire d'Alice, s'ajoutant à la perspective d'un bon pourboire, avait décidé Millie à rester au magasin et à s'occuper des soyeuses tresses maïs de sa cliente. Malheureusement, Millie se souciait beaucoup plus de retrouver son ami que d'améliorer encore la beauté pourtant exceptionnelle d'Alice

Loxley. Il s'ensuivit que ladite Millie se trompa de flacon parmi les multiples lotions posées sur la tablette de verre où s'entassaient ses instruments de travail ; si bien qu'au lieu de procurer un discret reflet aux beaux cheveux de Mme Loxley, elle barra d'une large traînée aile de corbeau la tempe gauche de cette dame.

Sans se douter du désastre, Mme Loxley laissa à Millie le pourboire escompté, et sortit du salon de coiffure pour rentrer chez elle.

Ce ne fut qu'une heure et demie plus tard, alors qu'elle préparait le dîner de Sam tout en faisant manger Bitty (trois ans) et Sammy junior (six ans) qu'elle s'aperçut de la catastrophe. Comme d'habitude, Sam rentra chez lui mourant de faim. Il tendit les bras à sa femme pour l'embrasser, selon son invariable coutume. Il parvint à l'enlacer et allait passer au baiser, quand il la lâcha tout à coup et recula d'un pas, en écarquillant les yeux.

— Bon sang de bonsoir ! s'écria-t-il. Mais qu'est-ce que tu as donc fait à tes cheveux ?

Pendant un instant, Alice dévisagea son mari, sans comprendre. Elle alla ensuite se regarder dans le miroir de sa chambre à coucher contiguë à la cuisine. Elle resta un moment absente. A son retour, elle était presque en larmes. Elle ne se rendait pas bien compte de ce qui avait pu se passer, mais elle était à peu près certaine que Millie devait y être pour quelque chose. Elle essaya donc de téléphoner au salon de coiffure, mais il était fermé.

Elle se tourna vers Sam.

— C'est sûrement cette imbécile d'employée, dit-elle. Elle a dû me mettre je ne sais quoi sur les cheveux.

— Bah, dit Sam, ne t'en fais pas pour ça, mon chou. Après tout, il y a des tas de femmes brunes qui se font décolorer une mèche en blanc ou en gris.

Alice ne trouva pas ça drôle du tout. Elle annonça qu'aussitôt après le dîner elle courrait chez les Harper, demander à Kay si elle n'avait pas un produit capable de faire disparaître la traînée noirâtre.

— Excellente idée, mon loup, dit Sam, en achevant enfin le baiser précédemment ébauché.

*

Kosta était remonté au premier dans sa chambre. Allongé tout habillé sur son lit, une mince couverture tirée jusqu'au menton, il contemplait le plafond sans le voir. Frank et Kay venaient d'achever leur dîner et prenaient une tasse de café noir, bien glacé, avant de quitter la table. Ils avaient mangé seuls, car Kosta n'avait pas consenti à partager leur repas, sous prétexte que Frank lui avait refusé un verre d'alcool en guise d'apéritif.

Le premier, Frank entendit une auto s'engager dans l'allée. Il était déjà presque à la fenêtre quand Kay se leva à son tour. Elle était pâle et énervée et faillit renverser sa tasse de café en quittant la table. Elle savait que Flood et sa bande allaient arriver d'un instant à l'autre, mais elle faisait des vœux pour que ce ne soit pas encore eux.

En reconnaissant la vieille canadienne des Loxley elle éprouva un soulagement extraordinaire.

Sitôt qu'Alice Loxley eut ouvert la porte en treillis métallique de la véranda de derrière et fut entrée dans la cuisine, Frank comprit qu'il allait falloir s'en débarrasser le plus tôt possible. Flood avait particulièrement insisté sur ce point : le terrain devait être libre quand il arriverait avec ses équipiers.

Frank savait très bien ce qu'il avait à faire. Pourtant, manifestant un bizarre esprit de contradiction qu'il ne s'expliquait pas lui-même, il s'entendit accueillir aimablement la jeune femme et l'inviter à s'asseoir pendant qu'il irait lui chercher à boire.

— Je ne devrais pas accepter, si tôt après le dîner, protesta Alice Loxley, mais, ma foi, tant pis ! Je prendrai quand même un petit verre. Dans l'état où je suis, j'en ai bien besoin !

Là-dessus, avant que personne eût rien pu dire d'autre, elle se tourna vers Kay et commença à lui conter sa mésaventure chez le coiffeur.

Kay jeta un regard inquiet du côté de Frank, mais celui-ci se contenta de cligner de l'œil en ouvrant le placard, au-dessus de l'évier, pour y prendre une bouteille de gin. Il savait que la boisson préférée d'Alice était un mélange de gin et de Coca-Cola.

— Je ne lui offre pas de café glacé, dit-il à Kay, sans se retourner. Elle a besoin de quelque chose de plus corsé. On va se taper avec Alice un de ces petits cocktails du tonnerre que Sam et elle aiment tant.

— Mais tu ne crois pas que nous devrions nous habiller ? glissa Kay.

Alice aurait dû saisir l'allusion. Il était bien clair que Kay n'avait pas de temps à perdre et que Frank et elle avaient combiné une sortie. Frank sentait bien que Kay avait raison : ils devaient à tout prix se débarrasser d'Alice. Pourtant, à l'instant précis où il admirait l'adresse avec laquelle Kay tentait de redresser la situation sans pour cela froisser Alice, il se sentit de nouveau possédé par cet étrange esprit de contradiction qu'il ne parvenait pas à s'expliquer.

— Oh ! nous avons bien le temps, mon loup, dit-il. Repose-toi un peu. On peut quand même prendre un verre.

Kay acquiesça, sans enthousiasme. Deux minutes plus tard, assis autour de la table, leurs verres à la main, ils écoutaient Alice leur raconter ses déboires.

Le premier verre fut suivi d'une seconde tournée générale, sur les instances de Frank. Il proposa même de téléphoner à Sam pour l'inviter aussi.

— Il faut que Sam reste pour garder les mioches, voyons, lui rappela Alice. De toute façon vous venez à la maison demain soir ; Sam pourra se rattraper.

Quand ils achevèrent leur seconde tournée, la pendule accrochée au-dessus du fourneau marquait huit heures et demie. On n'y voyait presque plus dans la cuisine et Frank se leva pour allumer la suspension. Il alla à la fenêtre jeter un coup d'œil sur les arbres qui ployaient dans la tempête. Il se préparait à faire une remarque sur le temps, quand il s'arrêta net en voyant deux phares d'auto approcher rapidement sur la route.

Il fit aussitôt demi-tour et quitta la cuisine en murmurant une vague excuse.

Au moment où Frank arrivait sur la terrasse, devant la maison, l'auto ralentit et parut même sur le point de s'arrêter tout à fait ; cependant elle repartit bientôt à vive allure.

Frank, tout soulagé, revint dans la cuisine au moment où Alice se levait pour prendre congé.

— Pas question ! protesta Frank. Vous n'allez pas partir sans avoir pris le coup de l'étrier.

Avec stupéfaction, Kay le vit allonger le bras pour

repousser amicalement Alice sur sa chaise. Un instant plus tard, il avait rassemblé les verres pour les remplir de nouveau.

*

Shorty n'avait pas eu plus de veine que d'habitude. A la fin de la quatrième, il était raide comme un passe-lacet. Il s'était conformé à la règle invariable qu'il s'était fixée lorsqu'il allait aux courses : il avait pris dix dollars pour ses menus frais, vingt pour la principale épreuve de la journée et dix pour chacune des huit autres. Le matin, avant de quitter sa chambre avec Candle, il avait soigneusement caché le reste de son argent sous son matelas. Bien qu'il ait passé une bonne partie de sa vie à voler et à cambrioler, Shorty planquait toujours son argent à l'endroit où le premier rat d'hôtel venu n'aurait pas manqué d'aller tout droit.

Il perdit dans la première et dans le grand prix du jour, mais toucha en gagnant dans la seconde et fut remboursé dans la troisième. Obéissant alors à un réflexe classique, il avait risqué tout le paquet sur le favori dans la quatrième. Malheureusement, autant qu'on puisse le savoir, le canasson court encore !

Avant chacune des courses qui suivirent, Candle accompagna de toute une série de sermons les diverses avances de cinq dollars qu'il dut faire à son copain. Il régla également les consommations de tout l'après-midi. Pour sa part, il termina sa journée avec deux cent quatre-vingts dollars de boni. En revenant de l'hippodrome, il tenta d'expliquer amicalement à Shorty le secret de sa réussite.

— Moi, mon pote, tu comprends, c'est fatal que je

gagne. Exactement comme toi tu es foutu d'avance. C'est normal : toi tu commences par acheter les canards qui ont une rubrique turfiste, tu notes les tuyaux, tu étudies les performances, tu lis les articles, tu observes les jockeys, tu vas au paddock, tu regardes les canassons, tu prends un papier et un crayon, tu calcules la cote, l'état du terrain, les handicaps, les scratches, tout le bazar, quoi ! Et avec ça tu te figures que tu vas toucher un gagnant ! Comme de juste, tu tombes sur un tocard qui n'est même pas placé, tandis que moi, sans me casser la tête, je regarde la liste des partants, j'en repère un dont le nom me plaît et je le joue gagnant. C'est comme ça que je gagne.

— Ta gueule, grogna Shorty. Regarde plutôt devant toi.

Ils prirent leur seconde voiture au passage et s'engagèrent, l'un derrière l'autre, sur la nationale n° 1. Ils arrivèrent à Indio Beach vers huit heures, après avoir laissé la voiture de louage dans un garage à l'entrée de la ville. Candle avait recommandé à l'employé de la faire laver et graisser, sans oublier de vidanger le moteur.

— Pendant que vous y serez, rincez-moi donc aussi le radiateur, demanda-t-il. Vous pouvez prendre votre temps ; je n'en aurai pas besoin avant demain soir.

Fort soulagé d'apprendre qu'il n'aurait pas à effectuer le travail lui-même, l'employé promit de transmettre fidèlement la consigne à l'équipe du matin. Quand ils partirent, ce fut Candle qui prit le volant de la seconde voiture.

— Si on allait faire un tour dans ce restaurant de la banlieue sud dont on parlait hier, proposa-t-il à

Shorty. Je me suis laissé dire que leurs châteaubriants aux pommes étaient formidables.

— Si tu m'invites, répliqua Shorty, c'est d'accord.

L'auberge des Collines (il n'y avait d'ailleurs aucune colline à plusieurs kilomètres à la ronde) était une grande baraque de bois délavée par les intempéries et située au bord de la grand-route, à huit kilomètres au sud de la ville. La chère y était excellente, ce qui attirait la clientèle, malgré l'aspect extérieur peu engageant de l'établissement, le mauvais goût de sa décoration intérieure et le vacarme incessant de sa machine à disques.

Ce jeudi-là, à l'heure où Shorty et Candle y firent leur entrée, le bar était bondé et un tiers des tables étaient occupées. Les deux amis en choisirent une, un peu plus loin que le bar. Elle se trouvait judicieusement placée entre le pick-up automatique et la porte battante du lavabo des messieurs. Un garçon chlorotique, vêtu d'une veste blanche couverte de taches, s'approcha nonchalamment pour prendre leur commande.

— Un double bourbon, avec de l'eau de Seltz à part, annonça Shorty.

— Ça fera deux, ajouta Candle. Servez-nous ça tout de suite. On commandera le dîner après.

Au moment où le garçon s'éloignait, il se leva et fouilla dans la poche de son pantalon.

— Aujourd'hui, c'est le grand jour, dit-il. On va s'offrir un peu de musique.

Il s'approcha du pick-up et, après avoir examiné un instant la liste des disques, glissa une pièce dans la fente. Quand il revint à sa table, le haut-parleur avait déjà commencer à brailler.

— Tu reconnais ? demanda-t-il en s'asseyant.

— Bon sang ! dit Shorty. Mais c'est *Je cherche après Titine*. Où ont-ils bien pu dégotter un truc pareil ?

— Tu devrais aller regarder toute la liste, ajouta Candle. Ça vaut le jus. Les trois quarts des airs étaient déjà démodés de mon temps. Et leur mécanique vous bouffe vingt-cinq *cents* pour deux disques. Tu parles d'une combine !

— C'est des pièces de musée, hé ! cloche, répliqua Shorty. Tu ne sais pas que ça vaut du pognon, les antiquailles ?

Ils finissaient leur second verre de whisky et venaient de commander des steaks aux pommes, avec des oignons frits et de la salade, quand la porte du restaurant s'ouvrit devant Wally et Roy qui allèrent s'installer au bar sur deux tabourets.

*

Dès le saut du lit, Roy Cluney s'était senti en pleine forme ce jour-là. Certes, Flood lui avait mené la vie dure la veille, mais, d'un autre côté, Wally avait encore plus dégusté que lui. Il n'en fallait pas plus pour que, par comparaison, Roy se sentît plein d'optimisme.

Après leur petit déjeuner, ils avaient fait un tour en ville et avaient fini par repérer une académie de billard déjà ouverte. Ils s'y trouvèrent à peu près seuls la majeure partie de la journée. Wally s'était mis à la bière, mais Roy n'avait pris que des Coca-Cola.

Roy avait continué à offrir demi sur demi à Wally, dans l'espoir que, tôt ou tard, son acolyte finirait par être éméché pour que la qualité de son jeu s'en ressentît.

L'attente de Roy n'avait pas été déçue : Wally avait d'abord joué comme il faisait toujours, c'est-à-dire fort bien. Normalement Roy était, tout au plus, capable de l'égaler, mais jamais de le battre. Mais, à force de boire de la bière, Wally se mit à jouer moins bien. A trois heures de l'après-midi, ils jouaient toujours. Wally espérait encore se rattraper, mais Roy faisait maintenant à peu près tout ce qu'il voulait. Wally augmenta alors les enjeux, dans l'espoir de se remettre ainsi en selle. Roy continua à gagner.

Wally finit par se rendre aux lavabos. Ce n'était pas pour obéir à un besoin naturel, mais pour inventorier le contenu de son portefeuille. Il constata ainsi qu'il avait déjà perdu plus de quarante dollars. En revenant dans la salle, il proposa à Roy une dernière partie, à quarante dollars. Roy accepta en souriant et gagna.

De rage, Willy lança sa queue à l'autre bout de la salle.

— Tu as une veine de cocu ! déclara-t-il.

— Comme dit l'autre, malheureux au jeu, heureux en am... commença Roy en empochant ses gains.

— Oh ! laisse tomber, fit sèchement Wally. On ferait mieux de se tirer. Il faudra encore passer prendre notre barda et il ne s'agit pas de nous mettre en retard.

Roy aurait voulu prendre le volant, mais Wally s'y opposa. Il connaissait Roy et sa façon de conduire. C'était comme avec les femmes : une fois qu'il avait démarré, Roy ne savait plus s'arrêter. Il devenait à moitié dingue et ne pouvait plus s'empêcher d'appuyer à fond sur le champignon. Flood, qui n'ignorait pas ce détail, avait bien recommandé à Wally de toujours conduire lui-même.

Wally attendit donc dans la rue pendant que Roy allait chercher les bagages et payait la note. Il se sentait de plus en plus vexé. Il vouait Flood à tous les diables. D'abord, sans Flood, il n'aurait pas perdu son pèze au billard, parce qu'il serait allé se balader à Indio Beach avec Doll. Il haïssait Flood, mais, chose étrange, il ne lui donnait pas tort. C'était Roy qu'il rendait responsable de tout. Roy n'était qu'une espèce de monstre.

Leur auto était une vieille conduite intérieure Ford. Wally l'avait louée à Miami la semaine précédente. Malgré sa rage et sa hargne, il conduisit avec prudence et s'arrangea pour arriver dans les faubourgs d'Indio Beach juste au moment où le soleil disparaissait à l'ouest, derrière l'horizon. Roy avait sous les yeux le plan que Flood lui avait remis et ils n'eurent pas de peine à repérer le croisement où ils devaient tourner, dans l'avenue des Orangers.

— Tu crois que Flood amènera Doll avec lui en venant ? demanda Roy.

— Qu'est-ce que ça peut te foutre ? rétorqua sèchement Wally.

Il traversa la ville et repéra avec soin la banque, au passage.

— Tiens, remarqua-t-il, voici notre tirelire.

— Dis donc, mais c'est illuminé comme un arbre de Noël, leur bordel ! fit Roy. Tu vois, toi, comment Flood peut espérer s'en sortir ?

— Te casse pas la tête, répliqua Wally. Tu peux

être certain qu'il a trouvé un joint. Il ne cause pas beaucoup, Flood, mais il a tout prévu.

— Tant mieux, fit Roy qui semblait inquiet. Parce qu'après tout, c'est nous deux qui serons bons pour aller là-dedans. J'ai pas envie que leurs bouseux de flics fassent un carton sur ma pomme, moi je te le dis.

— Tu nous les brises, grogna Wally, agacé. Qu'est-ce qui te prend, bon Dieu ? T'as les foies, ou quoi ? Si tu ne voulais pas te mouiller, fallait pas te mettre dans le coup.

— Laisse tomber, mon pote, dit Roy. Regarde plutôt devant toi.

*

Quand leur auto passa devant chez les Loxley, Sam jeta un coup d'œil curieux par la fenêtre. Il savait que la route se terminait par un cul-de-sac, cinq cents mètres plus loin et qu'une fois passé son propre pavillon, elle ne conduisait qu'à la maison des Harper. Bah ! après tout, si les Harper avaient des visites, ça ferait peut-être rentrer Alice.

Mais Alice ne revint pas. Au contraire, ce fut l'auto que Sam entendit revenir quelques instants plus tard. De nouveau, il la regarda avec curiosité. « Encore un couillon qui se sera fichu dedans au carrefour ! » conclut-il philosophiquement.

*

Wally était de plus en plus contrarié.

— Quelle pochetée ! marmonna-t-il. Il savait pourtant bien qu'on allait arriver. C'est quand même pas le moment de donner des réceptions, bon sang !

— C'était peut-être la bagnole de Flood, glissa Roy, qui n'en croyait d'ailleurs rien.

— Penses-tu ! fit sèchement Wally. Flood roule toujours en Cadillac. Monsieur n'apprécie que les produits de qualité.

— Et pourtant il est parti avec Doll, ricana Roy.

Wally ne quitta pas la route des yeux, mais ses lèvres se pincèrent.

— Continue, enfant de salaud ! grinça-t-il entre ses dents. Continue donc, pour voir...

Quand ils furent revenus en ville, Roy proposa à son compagnon d'aller passer une heure au cinéma, mais Wally ne répondit même pas. Il s'engagea sur la nationale n° 1, en direction du sud et continua jusqu'à l'auberge des Collines. Il obliqua rageusement dans le parc à voitures du restaurant et stoppa net.

— Je vais boire un pot, déclara-t-il. Viens avec moi ou reste ici ; tu es libre. Mais faut pas compter sur moi pour que j'aille perdre mon temps à voir encore un de tes films à la gomme.

Roy haussa les épaules sans répondre et ouvrit à son tour sa portière. Mario Padino, le propriétaire de l'auberge, était debout derrière le comptoir de son bar, fort occupé à presser un citron. Il remarqua distraitement l'arrivée des deux hommes, mais continua sa besogne sans se soucier d'eux.

Wally attendit à peine une demi-minute. Bientôt il fouilla dans sa poche et y prit un demi-dollar avec lequel il frappa sur l'acajou du comptoir.

Padino jeta un coup d'œil de son côté, mais continua à presser ses citrons.

Le visage de Wally s'empourpra. D'une voix lente, sans élever le ton, il lança une courte phrase qui retentit pourtant au point de dominer le fracas du pick-up.

— C'est toi qui sers au bar, oui ou merde ?

Padino resta une seconde figé sur place, une moitié de citron à la main. Il reposa soigneusement le fruit devant lui, s'essuya les mains à son tablier et vint se planter en face de Roy et de Wally.

— Vous dites ? fit-il.

— Je dis que je veux que tu me serves quelque chose, espèce de métèque !

Pendant une bonne demi-minute, le vieillard dévisagea Wally. Ses grosses lèvres s'étaient entrouvertes et ses grands yeux bruns paraissaient incrédules. Mais soudain ses sourcils se froncèrent avec colère et sa main droite se dirigea lentement vers la batte de base-ball au manche raccourci qui se trouvait posée sur la glace, sous le comptoir.

— Mais vas-y donc ! poursuivit Roy d'une voix douce et presque indifférente. Essaie un peu de le prendre, ton casse-tête, qu'on rigole !

La main de Padino s'arrêta comme si un commutateur invisible avait brusquement coupé le courant. Ses yeux allèrent de Roy à Wally avec étonnement.

Roy se tenait debout en face de lui, l'air radouci, presque amical, un mince sourire aux lèvres ; il avait parlé sans colère, sans menaces. On aurait cru un bon petit étudiant. Pourtant à le regarder, le vieux Padino perdit son teint rubicond d'homme en colère pour devenir d'une pâleur blafarde.

— Qu'est-ce que ça sera, messieurs ? dit-il. Je vous demande pardon, mais je ne vous avais pas vus entrer.

Roy se marrait en silence.

— Un rye à l'eau, lança Wally.

— Un Coca-Cola, annonça Roy.

— Et arrête ton sacré pick-up, reprit Wally. On ne s'entend plus dans ce bordel !

Le vieux fit demi-tour sans mot dire et gagna l'extrémité du bar. Il descendit dans la salle, s'approcha de la machine à disques, passa la main derrière l'appareil et arracha la douille de la prise de courant. Il revint ensuite au bar pour préparer les consommations.

Shorty leva la tête quand la musique s'arrêta net au beau milieu de *Je cherche après Titine.* Il aperçut alors successivement Padino, puis le fil électrique qui gisait sur le plancher, à côté de l'appareil. Il appela le garçon d'un geste.

Celui-ci attendit, au bout du bar, que Padino eût fini de servir ses difficiles clients. Il tint ensuite avec le patron une brève conversation à voix basse. Après quoi, hochant la tête, il retourna à la table où étaient installés Candle et Shorty. Il se pencha vers ce dernier et lui chuchota une explication à l'oreille. Shorty regarda Candle qui lui sourit et tourna la tête du côté du bar.

Alors, Shorty se leva lentement. Il s'approcha du pick-up, et examina un long moment la liste des disques. Puis, très froidement, il prit deux pièces de monnaie dans sa poche et les glissa dans la fente. Il appuya ensuite quatre fois sur le douzième bouton, celui qui correspondait à *Je cherche après Titine.* Il se baissa, renfonça la douille dans la prise fixée au mur et retourna s'asseoir.

Wally portait son verre à ses lèvres quand le pick-up se remit en marche. Aux premières mesures, il reposa son verre sur le comptoir avec une telle violence que le contenu s'en répandit ; il forma une petite mare qui s'étala rapidement et finit par dégoutter sur le sol. Il regarda à son tour du côté de la machine à disques.

— C'est le gros lard, à la table d'à côté, lui glissa Roy avec un sourire malicieux.

Sans un mot, Wally se dirigea vers la table de Candle et Shorty. Les deux hommes le regardaient venir en silence.

— Les demi-sels qui veulent jouer aux caïds, j'ai jamais pu les blairer, déclara Shorty à haute et intelligible voix.

Candle lança un rapide coup d'œil du côté de son copain, avant de ramener son regard sur Wally.

Celui-ci n'hésita plus. Il était en rogne depuis le matin et il avait soif de bagarre. Il ne semblait même pas remarquer Padino et le garçon qui le guettaient, immobiles, au bout du bar. Il n'avait d'yeux que pour l'audacieux qui avait osé remettre le pick-up en marche, après que lui, Wally, l'avait fait arrêter.

Il s'arrêta tout contre la table de Shorty et se pencha en avant.

— C'est toi qui as rebranché cette saloperie ? demanda-t-il d'une voix rauque et gutturale.

Shorty le dévisagea d'un air indifférent, tourna la tête du côté de Candle et cligna de l'œil. Candle se leva. Sur ces entrefaites, les coups de théâtre se précipitèrent. Wally allongea le bras gauche, empoigna Shorty par le plastron et, en même temps, ramena son poing droit en arrière pour frapper. Mais, à ce même moment, sans effort apparent, sans prendre pour ainsi dire d'élan, Candle assena à Wally un coup sec du .tranchant de la main. Atteint à la pomme d'Adam, Wally laissa échapper un petit grognement presque imperceptible. Sa main gauche lâcha la chemise de Shorty, son bras droit retomba le long de sa hanche et il fit un pas rapide en arrière. Il paraissait avoir beaucoup de mal à retrouver son souffle.

Roy, abandonnant le bar, se dirigea sans se presser vers la table.

A cet instant précis, une femme qui se trouvait à l'autre bout de la salle se mit à hurler, tandis que la porte de la rue s'ouvrait de nouveau.

Flood fit alors son entrée dans le bar.

*

A la seconde même où il poussait la porte du bar, Flood avait deviné que quelque chose ne tournait pas rond. Instinctivement, sans même regarder autour de lui, il sentit qu'il y avait de l'orage dans l'air et comprit qu'il se passait là quelque chose d'anormal. Il ne savait pas ce que c'était, mais à aucun prix il ne voulait s'y trouver mêlé. Il allait faire demi-tour, quand, parcourant la salle des yeux, il aperçut Padino et le garçon figés sur place, l'air épouvanté. Une seconde plus tard, en suivant la direction de leurs regards, il vit la petite scène qui se déroulait à la table de Shorty.

Il ne savait pas ce qui avait pu se passer, mais c'était superflu. La façon dont se trouvaient disposés les protagonistes ne rendait la scène que trop claire. Il était manifeste que Wally venait d'encaisser sérieusement et il ne pouvait y avoir de doute sur les intentions agressives de Roy qui se préparait à intervenir. Shorty tendait déjà la main vers la carafe et Candle, qui avait empoigné une chaise par le dossier, s'apprêtait à la balancer au-dessus de sa tête comme une massue.

Flood intervint avec la rapidité de l'éclair. Traversant la salle en quelques enjambées, il arriva avant Roy à la table. Sans prendre le temps de regarder Shorty ni Candle, il écarta Wally d'une bourrade et, faisant demi-tour, se trouva face à face avec Roy. Celui-ci, marquant à peine un léger temps d'arrêt, obliqua en direction des lavabos et s'y engouffra, suivi de peu par Wally.

Sans faire mine d'avoir reconnu Flood, Candle reposa rapidement sa chaise à terre et se rassit. Shorty hésita une seconde, puis imita son ami.

Flood pivota sur ses talons sans mot dire et disparut dans les lavabos derrière les deux autres. Quand il y entra, Wally et Roy étaient seuls.

— Caltez ! dit Flood d'une voix sourde, tendue, mauvaise. Réglez votre ardoise et barrez-vous.

Il avait visiblement du mal à maîtriser sa rage grandissante.

Roy voulut dire quelque chose, mais Flood lui coupa la parole.

— On s'expliquera plus tard. Pour le moment, ripez ! C'est tout ce qu'on vous demande.

Roy sortit le premier des lavabos ; au moment où Wally s'apprêtait à le suivre, Flood le projeta en avant d'une violente bourrade entre les omoplates.

Doll attendait dehors, dans la Cadillac ; elle tourna la tête en voyant s'ouvrir la porte de l'auberge et reconnut avec surprise Wally et Roy qui dégringolaient quatre à quatre les marches du perron.

— Ah ! ça alors ! s'écria-t-elle. Hé ! Wally, tu ne me vois pas ? ajouta-t-elle en se penchant par la portière.

Wally jeta un coup d'œil de son côté, mais passa son chemin sans répondre. Un instant plus tard, ils étaient tous deux remontés dans leur propre voiture et Wally appuyait précipitamment sur le démarreur.

Candle attendit que Roy et Wally eussent quitté les lavabos ; dès qu'ils eurent passé devant le bar, il se leva à son tour.

Il trouva Flood en train de se laver les mains. Candle s'installa à une cuvette voisine, dont il ouvrit en grand les robinets. Sans tourner la tête, grâce au miroir qui lui renvoyait le regard de Flood, il marmonna en remuant à peine les lèvres :

— Alors, patron, quoi de neuf ?

— A cause de quoi, tout ce ramdam ?

Flood dut répéter sa question un peu plus fort pour que Candle pût l'entendre.

— Ça ? Peuh, c'était rien du tout, patron ! Deux gniards à qui la bouille de Shorty ne revenait pas. Dès qu'ils sont arrivés, on sentait qu'ils cherchaient la bagarre. Ça les démangeait, faut croire.

Flood hocha gravement la tête.

— Avec ce genre de mecs, on est toujours emmerdé, dit-il. Et de votre côté, ça boume ?

— Au poil, assura Candle.

— A bientôt, alors ! dit Flood en quittant le lavabo.

En passant, il acheta deux paquets de cigarettes au bar et sortit du restaurant sans se détourner.

— Mince alors ! s'écria Shorty quand Candle fut revenu à leur table. C'est quand même marrant qu'il soit tombé ici juste au moment où ça allait chauffer.

— Tordu, va ! murmura Candle. Ces deux mecs-là, c'étaient des hommes à lui, tu vois bien. Je les avais d'abord crus du patelin, mais j'aurais dû faire gaffe. Tu n'as pas vu leur gueule quand ils l'ont repéré ?

Shorty hocha pensivement la tête.

— Oui, dit-il, tu dois avoir raison. Ils sont dans le coup comme nous autres.

— Je ne voudrais pas être à leur place quand Flood leur dira deux mots en tête à tête, remarqua Candle.

Une heure plus tard, leur dîner terminé, ils retournèrent à leur chambre où ils passèrent le reste de leur soirée à jouer à la belote. Comme d'habitude, Candle gagna.

CHAPITRE VIII

A peine Alice Loxley partie, Kay remit encore la question sur le tapis. Avec Frank, ils s'étaient renvoyé la balle la majeure partie de la journée, chaque fois qu'ils s'étaient trouvés seuls et tout à fait certains que Kosta ne pouvait les entendre. Ils n'étaient encore arrivés à aucune conclusion définitive.

— Il faut que tu prennes une décision, insista Kay. Nous n'avons plus guère de temps. Ils peuvent s'amener d'un instant à l'autre maintenant. Il y a quelques minutes, j'ai déjà entendu une auto arriver et faire demi-tour. Ç'aurait pu être eux.

— Oui, dit Frank, tu as raison.

— Alors ? Qu'est-ce que tu...

— Qu'est-ce que je peux faire ? répliqua Frank d'un air désolé. Tu ne comprends donc pas que je ne peux plus me dégonfler maintenant ? Nous sommes tous dans le bain. En abandonnant, nous risquerions de tout foutre par terre. Tu sais comment Flood réagirait, je suppose ?

— Et quand tout sera fini ? Quand il apprendra que nous partons ensemble, tu as pensé à sa réaction, à ce moment-là ?

— Ce n'est pas la question, dit Frank qui s'efforçait de ne pas laisser transparaître son agacement. Je continue à penser que j'ai une dette envers lui. J'ai promis d'aller jusqu'au bout et je ne peux plus caner maintenant.

Kay le regarda d'un air effrondré.

— Après tout, insista Frank, il ne s'agit pas d'un meurtre. Rien que d'un casse — sans douleur. Et je t'ai déjà dit que, puisque ça te déplaît tellement, je ne toucherai pas mon fade. Comme ça, au moins, on ne pourra pas dire que ça m'a rapporté. Mais il faut que j'aille jusqu'au bout. Quand tout sera réglé, on se tirera tous les deux.

Kay se leva et fit le tour de la table pour venir se planter en face de lui. Elle allongea les bras et, les passant autour de la taille de Frank, elle le regarda droit dans les yeux. Elle allait ouvrir la bouche quand ils entendirent, tous les deux en même temps, une auto arriver sur la route.

Au moment précis où Kay faisait un pas en arrière avec inquiétude, les phares illuminèrent la fenêtre. L'auto s'engageait dans l'allée. Elle continua son chemin jusqu'au garage dont les portes étaient restées ouvertes et s'y engouffra.

Ils étaient restés cloués sur place et attendaient dans un silence contraint l'instant où la porte de derrière s'ouvrirait, quand une deuxième auto se fit entendre dans l'allée et fila également vers le garage.

D'un signe de tête Frank indiqua la pièce voisine à Kay. Elle fit silencieusement demi-tour et sortit. Une minute plus tard, Frank entendit le bruit de ses talons claquant sur les marches de l'escalier.

Il s'était tourné vers la porte donnant par-derrière quand elle s'ouvrit pour laisser passer Wally qui pénétra dans la cuisine suivi de près par Roy. La porte se rouvrit bientôt et Doll fit son entrée. Flood fermait la marche.

Sans un mot, il alla baisser les jalousies de la fenêtre.

— Tu ne pouvais pas avoir l'idée de les fermer ? dit-il en revenant près de Frank. Tu vas me conduire cette souris-là en haut, poursuivit-il d'une voix sourde et égale, sans attendre la réponse de Frank. Dis à Kay de rester avec elle. Vous deux, ajouta-t-il à l'intention de Wally et de Roy, installez-vous ici, à la table. Où est Kosta, à propos ?

— Dans sa chambre, dit Frank.

— Bon, grogna Flood. Envoie-le ici dès que tu auras conduit la môme là-haut. Et Kay ?

— En haut aussi. Elle prépare les chambres.

— Dites donc, coupa soudain Doll, je ne vais pas...

— Fais ce qu'on te dit, gronda Flood en lui lançant un regard furibond.

Elle sortit de la pièce sans répliquer, sur les talons de Frank.

Wally s'était installé à la table, en évitant soigneusement le regard de Flood. Roy s'assit en face de lui et fixa le plancher d'un air boudeur. Flood attira une chaise à lui et se plaça de manière à se trouver à égale distance de chacun d'eux.

— Je croyais vous avoir recommandé de vous tenir peinards ? fit-il en les observant froidement, tandis qu'ils baissaient les yeux encore davantage. A quoi ça sert ce qu'on vous dit ? Vous n'êtes pas assez marles pour comprendre que ce n'est pas le moment d'aller se fourrer dans une sale histoire ? Et d'abord, qu'est-ce que vous foutiez dans ce bistrot, nom de Dieu ?

— Wally avait soif, murmura Roy.

Wally lui lança un coup d'œil mauvais.

— Pas du tout, protesta-t-il aussitôt. Nous étions venus directement ici, mais comme il y avait une auto arrêtée dans l'allée, nous sommes retournés en ville. Je ne tenais pas à nous faire repérer dans les rues sans savoir où aller, et j'ai emmené Roy prendre un pot.

— Prendre un pot ? répéta Flood. Bravo ! Mais vous ne pouviez pas le boire tranquillement au bar, sacré nom ? Qu'est-ce que ça signifie d'aller rentrer dans le chou des clients ?

— Il y avait deux types qui voulaient faire les marles, grommela Wally en évitant toujours le regard de Flood.

— Bougre de couillons ! explosa celui-ci. Ah ! vous en tenez une sacrée couche, je vous jure. C'est à se demander comment j'ai pu m'emcombrer d'une paire d'enfoirés pareils !

Il se leva soudain en voyant réapparaître Frank à la porte de la cuisine.

— Kosta descend tout de suite, annonça Frank.

— Et la poule ? demanda Flood. Tu t'en es occupé ?

— Kay lui tient compagnie. Comme on ne comptait pas sur elle, il n'y avait pas de chambre prête, ajouta-t-il.

— Elle n'a qu'à coucher dans celle de Kay ! répliqua sèchement Flood. Assieds-toi.

Kosta entra à son tour, au moment où Frank allait chercher une chaise. Du coup, Flood ne laissa pas à ce dernier le temps de s'y installer.

— Viens avec moi jusqu'au garage, ordonna-t-il. Tu vas me donner un coup de main pour décharger le matériel. Vous autres, restez là et tâchez de ne pas faire de pétard. Si vous entendez une bagnole, tirez-vous en vitesse au premier. Kosta vous conduira dans sa carrée. Surtout n'allumez pas de lumières là-haut. Compris ?

Une seconde plus tard, il sortait de la maison par la porte de derrière, suivi par Frank. Ils se dirigèrent tous deux vers le garage et Flood s'arrêta près de sa Cadillac.

— On n'a pas besoin de la lampe, dit-il. Tire la lourde.

Frank referma de l'intérieur les grandes portes à glissières et revint ensuite près de Flood. Celui-ci s'était assis sur la banquette avant de la Cadillac ; son visage était vaguement éclairé par la faible lueur du tableau de bord.

— Viens à côté de moi, ordonna-t-il. Alors, quoi de neuf, ici ? ajouta-t-il quand Frank se fut exécuté.

— Pas mal de choses ! grommela Frank. Hier on a eu un incendie maison, pour commencer. Tout un entrepôt a flambé. Ça brûlait encore quand un flic a ramassé Kosta qui traînait dans les rues. Il avait bu, bien sûr, mais il n'y avait pas que ça... Il était tout drôle... On aurait dit un piqué. Le flic nous l'a ramené ici.

— Ah ! nom de D... s'écria Flood avec une surprise qui n'était pas feinte. Et il a reniflé quelque chose, le flic ?

— Je ne crois pas, assura Frank. Je lui avais déjà présenté Kosta en lui racontant que c'était mon oncle et qu'il n'allait pas bien. Le flic aura pensé qu'il avait bu un coup de trop, voilà tout.

— Cet abruti est encore plus con que je ne croyais, dit amèrement Flood. Quand on prend des mecs comme ça avec soi, on a toujours des emmerdements. On ne sait jamais à quel moment ils vont lâcher les pédales. Je n'aurais quand même pas pensé que...

— Oh ! il fera quand même l'affaire si on le tient à l'œil, affirma Frank. C'est plutôt pour après que ça peut être embêtant. Je me demande s'il saura la boucler.

— Ni plus ni moins que les autres, dit Flood. Moi aussi, du reste, j'ai eu un pépin avec mes bonshommes. Ils avaient déjà fait la connerie de s'encombrer de cette souris que j'ai dû ramener avec moi et, après, ils ont encore trouvé le moyen d'aller faire du pétard dans un bistrot. Ah, bon Dieu ! Qu'est-ce qu'il faut pas voir comme tordus, quand on s'embarque dans un boulot comme ça !

Dans l'ombre il observait Frank entre ses paupières mi-closes.

— Encore heureux que je vous aie, Kay et toi. Avec vous, au moins, on n'a pas besoin de se casser la tête.

Frank était resté parfaitement immobile sur sa banquette. Il n'osait pas regarder Flood et se demandait si cette formule ne comportait pas quelque allusion voilée.

— A part Kosta, ils ont tous l'air sérieux, remarqua Frank. Kay a dû te dire que j'étais allé voir Paulmeyer.

Flood acquiesça d'un grognement.

— Il va bien ? demanda-t-il.

— Très bien, affirma Frank. De ce côté-là, tout tourne rond. Avec lui, on ne risque rien.

— Non, reconnut Flood. Avec lui, y aura pas d'histoire.

De nouveau, Frank se demanda si cette dernière phrase n'était pas à double entente.

— On va retourner à la maison, maintenant, déclara Flood. Je ne veux pas les laisser seuls ensemble trop longtemps.

— En tout cas, ici, tout s'est bien passé, répéta Frank. A condition de ne pas s'affoler, c'est dans la poche. La seule chose qui m'inquiète un peu, c'est que la banque reste éclairée toute la nuit comme un arbre de Noël.

— Samedi soir, ça ne risque rien, affirma Flood. Te fais pas de mourron pour ça. Parle-moi plutôt de votre boulot, à Kay et à toi. Vous êtes arrivés à faire votre trou dans le patelin ? Personne n'a rien soupçonné ? Tout est normal ?

— Je te dis que tout va bien, répéta Frank. Mais tu ne devais pas arriver avant demain soir. Comment ça se fait ?...

— J'ai été forcé de changer mes plans, grogna Flood. C'est à cause de cet enfoiré de Wally et de la souris, qu'il a ramassée. Je n'ai pas osé la laisser seule avec eux deux. D'un autre côté, je ne pouvais pas non plus la garder avec moi, ni lui dire de se barrer. C'était trop risqué avec tout ce qu'elle a pu apprendre ou deviner. La seule solution, c'était de la retirer des pattes de Wally et de Roy avant qu'ils n'aient commencé à se la disputer. C'est pour ça que je l'ai ramenée ici.

— Et après, tu comptes en faire quoi ?

— C'est pas tes oignons, dit sèchement Flood. Occupe-toi de ton boulot, c'est tout ce qu'on te demande. Mais avec tout ça, j'ai été forcé de changer de programme : je vais rester ici jusqu'à ce que tout soit fini. Il faut que je tienne tous ces gars-là à l'œil.

— Oh ! je m'en débrouillerais bien tout seul, riposta Frank qui pensait à Kay. Aussi bien avec eux qu'avec Kosta !

Il s'aperçut que Flood l'observait du coin de l'œil avec curiosité.

— Tu as déjà suffisamment à faire comme ça, reprit Flood. Non, je reste. Kay s'occupera de Doll ; toi, tu me surveilleras Kosta, sans le lâcher d'une semelle. Moi je me charge de Wally et de Roy.

Frank allait dire quelque chose, mais Flood ne lui en laissa pas le temps.

— C'est le moment de faire gaffe hein, recommanda-t-il. Dans la journée vous ne changerez rien à vos habitudes, mais arrange-toi pour que les gens ne viennent pas par ici. Je ne tiens pas à ce qu'on rôde autour de la maison aujourd'hui ou demain.

Il ouvrit la portière de la Cadillac, descendit et alla glisser une clé dans la serrure du coffre arrière.

— Prends le grand sac de camping, ordonna-t-il. Attention ! Les flingues sont dedans.

Frank chargea docilement le sac sur son épaule et suivit Flood jusqu'à la maison. Ils y retrouvèrent Kosta, Wally et Roy toujours assis autour de la table. Ils ne disaient rien et ne se regardaient même pas.

— Voilà les flingues, annonça Flood en leur désignant le sac que Frank posait avec précaution sur le plancher. Wally, ça te connaît ces machins-là. Tu vas me passer une revue de détail soignée. Vérifie bien tout.

— Comptez pas sur moi pour trimbaler un calibre, protesta tout à coup Kosta, en fixant Flood de ses yeux abrutis.

— Pas de danger que je t'en offre un ! répliqua

sèchement Flood. Pour ce que tu as à faire, je me demande à quoi ça te servirait.

Il se pencha pour ouvrir le petit cadenas qui fermait la chaîne de métal étranglant le haut du sac. Tous l'observaient en silence. Ils y apportaient même tant d'attention qu'aucun d'eux n'entendit l'auto approcher jusqu'au moment où le cri strident d'un klaxon déchira l'air nocturne. Cela venait de l'allée, le long de la maison.

Flood fut le premier à se remettre.

— Merde ! hurla-t-il. Vite, Wally, prends le sac ! Filez là-haut, vous autres. Toi, Frank, attends une demi-minute et va voir qui c'est. De toute manière, débarrasse-t'en. Fais ça en douce, mais renvoie-le.

Ce disant, il s'était mis à pousser les autres vers la sortie. Wally trébucha sous le poids du sac de toile et Flood lâcha un juron étouffé.

Frank attendit à peu près vingt-cinq secondes avant d'aller ouvrir la porte de derrière. La première chose qu'il remarqua en s'avançant sur le perron, ce fut le phare rouge qui brillait sur le toit de la voiture de police.

*

Le brigadier Waldo Harrington tenait le volant. Il était seul et, quand il descendit de voiture, Frank vit qu'il tenait une petite bonbonne d'eau-de-vie à la main. Sa bonne grosse face hilare était encore plus rouge qu'à l'ordinaire. Il s'approcha du perron en brandissant triomphalement sa bonbonne.

— Hé ! vieux, cria-t-il. Regarde un peu voir ce que j'ai dégotté !

Il bouscula légèrement Frank en passant devant

lui, traversa le perron et entra tout droit dans la cuisine où il déposa la dame-jeanne sur la table. Il avait ôté sa casquette d'uniforme pour éponger une mince traînée de sueur qui lui barrait le sommet du front.

— Mince alors ! bafouilla Frank, qui ne trouvait rien d'autre à dire.

— Je venais de quitter mon service, expliqua Waldo, souriant toujours. Et la journée a été chargée, je te jure. Figure-toi qu'en rentrant, je dépasse deux culs-terreux des environs. Leur jeep s'était renversée dans le fossé. Moi, bien sûr, je m'arrête pour voir ce qui leur était arrivé. Eh bien ! tu me croiras si tu veux, mais ils avaient un plein chargement de tord-boyaux dans leur jeep. Ils distillent ça eux-mêmes, dans les fermes.

Frank laissa échapper un petit sifflement.

— Tu les as embarqués ? demanda-t-il.

Waldo le regarda, d'un air surpris et quelque peu scandalisé.

— Non, mais sans blague ? Tu ne voudrais pas ! Tu me prends pour un gabelou ? Non, je leur ai donné un coup de main pour sortir leur jeep du fossé et je leur ai dit de se tailler. Ils m'ont fait cadeau de ça, comme souvenir.

Frank se mit à rire.

— Tu n'es pas fauché ! D'habitude, ça n'est pas buvable, ces saloperies-là.

— Tu rigoles, mon gars, protesta Waldo. C'est de l'eau-de-vie de grain, qualité extra. Je les connais les pécores et leur camelote. Veux-tu que je te dise une bonne chose ? Neuf fois sur dix, tu bois la même marchandise dans les bouteilles à étiquette, sans même t'en douter. La seule différence, c'est que celle-là, on ne l'a pas rallongée avec de la flotte. Va nous chercher deux verres et de l'eau qu'on goûte un peu ça.

Frank alla prendre deux verres dans le placard. Il remplit une cruche d'eau et y jeta quelques morceaux de glace.

— La patronne ne veut pas trinquer avec nous ? demanda Waldo. Mais vaut peut-être mieux ne pas inviter le tonton, hein ? ajouta-t-il en riant.

— Kay est là-haut, expliqua Frank en posant sa cruche sur la table. Remplis toujours les verres ; je vais monter voir si elle veut venir.

Il sortit rapidement de la cuisine tandis que Waldo débouclait le ceinturon auquel était accroché son revolver d'ordonnance.

Debout, devant la porte de la chambre de Kosta, Flood, qui guettait Frank le vit déboucher sur le palier et s'approcher sur la pointe des pieds. Flood l'attira à l'intérieur de la chambre dont il referma sans bruit la porte.

— C'est aux flics cette bagnole-là ? murmura-t-il d'une voix inquiète. Qui est-ce ? Qu'est-ce qu'on te veut ?

En quelques phrases rapides, Frank lui résuma à voix basse la situation. Il conclut en disant que le flic voulait inviter Kay à trinquer avec eux.

— Où est sa carrée ? demanda Flood.

— Au bout du couloir, à gauche.

— Ça va. Redescends toujours, je vais vous l'envoyer. Mais arrange-toi pour que le poulet mette les bouts le plus tôt possible. Tâche qu'il ne se méfie de rien, mais grouille-toi.

Frank hocha affirmativement la tête et sortit doucement de la chambre obscure sans en refermer la porte. Il y avait deviné la présence de Kosta et des deux autres, tapis dans l'ombre comme des fauves à l'affût.

De retour dans la cuisine, il annonça à Harrington que Kay n'allait pas tarder à les rejoindre.

Tout en buvant et bavardant avec Kay et Waldo, quelques instants plus tard, Frank se sentait tiraillé par deux idées contradictoires : d'une part, il lui fallait se débarrasser au plus vite du policier, mais d'un autre côté, tant que Harrington s'incrusterait chez eux, Kay serait forcée de leur tenir compagnie et ne pourrait regagner le premier. Or tant que Kay ne remonterait pas, elle n'aurait rien à redouter de la part de Flood.

*

Le brigadier Harrington quitta la maison le vendredi matin à quatre heures moins le quart. Il était aux trois quarts ivre, mais pouvait encore marcher droit et raisonner juste. Il partait, enchanté de sa soirée. Ce Frank Harper était décidément un bien chic type. Mme Harper était, elle aussi, une femme bien sympathique. Il se sentait une grande amitié pour le jeune ménage. C'étaient vraiment des gens bien gentils. Pour sa part, il se félicitait de voir des gens comme eux s'établir à Indio Beach. D'excellentes recrues pour la ville.

Le ronflement de l'auto de police se perdit enfin dans les mille petits bruits de la nuit. Moins d'une minute après, Flood dégringola à la cuisine, et s'arrêta sur le pas de la porte. Il avait retiré veston et cravate et ses cheveux étaient tout ébouriffés. Ses lèvres se pinçaient en une mince ligne horizontale et il avait perdu tout son vernis de dilettante mondain. Il hocha lentement la tête en dévisageant Frank et Kay. Sa voix était toujours sourde et contenue, mais on le sentait fou de rage.

— Qu'est-ce que vous avez foutu toute la nuit, sacré nom de Dieu ? demanda-t-il.

Frank allait répondre lorsque Kay se leva rapidement. Il la vit avec surprise tituber légèrement en marchant. Il savait pourtant qu'elle n'avait bu que trois petits verres au cours de toute la soirée.

— Pas notre faute... balbutia-t-elle d'une voix pâteuse. Excuse-nous ; le gars voulait pas partir. Il ne doit pas se plaire chez lui !

Elle vacillait sur place et dut se raccrocher à la table.

Flood ouvrit des yeux énormes.

— Merde alors ! dit-il. Mais tu es noire, ma parole !

— Ça, je crois bien que j'ai un peu trop bu, avoua Kay.

Flood fit un pas en avant. Un instant Frank crut qu'il allait la battre. Mais il se contint, de justesse.

— Emmène-la dans sa piaule, dit-il sèchement à Frank. Celle où il y a déjà l'autre gonzesse.

Il jeta sur Kay un coup d'œil écœuré.

— Félicitations ! reprit-il d'une voix cinglante. On la charge d'une affaire sérieuse ; on lui recommande de jouer les femmes d'intérieur et Madame choisit ce jour-là pour se saouler la gueule. Et le soir de mon arrivée, encore ! Fous-moi le camp, tiens ! Je t'ai assez vue !

Il alla s'asseoir à la table tandis que Frank menait Kay par la main jusqu'à la porte.

D'un air perplexe, il attira à lui la bonbonne

maintenant presque vide. Il la déboucha, l'inclina et en huma le contenu. Il fronça le nez avec dégoût.

— Bon Dieu ! Quel monde ! grommela-t-il.

*

Le vendredi après-midi, à trois heures, Ham Johnstone achevait de coller une rustine sur une chambre à air, la dernière qu'il eût à réparer ; il remonta celle-ci sur sa jante et la gonfla à quinze kilos de pression, très satisfait d'avoir terminé la série. Le travail ne lui faisait pas peur, certes, mais il aurait bien voulu trouver le temps de nettoyer un peu le bureau.

Il bâilla alors en frissonnant légèrement. Trouvant qu'il faisait froid, il décida d'aller dans le bureau où il avait allumé un petit poêle à pétrole. Il ouvrit la porte et entra.

Frank Harper était installé à la table, sur son fauteuil pivotant. La tête posée sur ses bras repliés, les yeux fermés, il respirait bruyamment. Il paraissait dormir.

— Le patron a l'air d'avoir pris une sacrée cuite, murmura Ham.

Il regarda Frank en souriant. Ham n'aimait pas les ivrognes. Ils lui faisaient peur et, avec eux, on risque toujours des tas d'emmerdements. Mais il savait que Frank ne buvait presque jamais.

Il allongea le bras pour le secouer légèrement. Frank s'éveilla aussitôt et leva la tête en ouvrant des yeux étonnés.

— Vous aviez recommandé que je vous fasse penser à aller à la banque, lui dit Ham.

Frank regarda sa montre-bracelet.

— Merde ! dit-il. Il est plus de trois heures, andouille. Tu sais pourtant bien qu'ils ferment à deux heures. Tu aurais pu me réveiller plus tôt.

— J'ai pas de montre, patron, expliqua piteusement Ham.

Dissimulant de son mieux son agacement, Frank se leva en s'étirant. Il allait sortir, quand la canadienne de Sam Loxley s'arrêta devant la station-service. Frank alla décrocher le tuyau de la pompe à essence.

— Tu faisais encore la bringue, hein, vieux chenapan ? lui dit Sam. Quand je me suis levé pour donner à boire au gosse vers les trois heures, trois heures et demie, il y avait encore de la lumière chez toi.

Frank fit un signe de tête affirmatif.

— C'est la faute de cet animal de Waldo, expliqua-t-il. Il est passé chez nous et on a pas mal bu ensemble.

— Tu ferais bien d'aller un peu te reposer, d'ici ce soir, dit Sam. N'oublie pas que nous comptons sur vous, Alice et moi.

Un instant, Frank fut tenté de se trouver une excuse pour décliner l'invitation, mais il se ravisa aussitôt. Il était sûr de pouvoir sans trop de peine convaincre Flood que leurs amis Loxley les attendaient et viendraient sûrement les chercher à domicile, en ne les voyant pas arriver. Flood comprendrait que la chose était inévitable.

— On y sera, promit-il. Mets la glace au chaud en nous attendant !

Sam bavarda encore quelques instants avec lui, tandis que Frank lui nettoyait son pare-brise et vérifiait s'il avait son plein d'huile et d'eau.

— Vers sept heures et demie, hein ? répéta Sam en démarrant.

Une fois rentré dans son petit bureau, Frank chargea Ham d'aller faire le plein de sa propre voiture. Dès qu'il fut seul, il décrocha le téléphone et demanda son numéro personnel.

Kay ne tarda pas à lui répondre elle-même.

— Ça va, mon lapin ? demanda-t-il.

— Oui, oui, fit Kay, assez sèchement. Rien de nouveau.

Au son de sa voix, Frank devina qu'elle n'était pas seule.

— Sam Loxley vient de passer au garage, reprit-il. Il m'a rappelé qu'Alice et lui comptaient sur nous pour ce soir.

Il hésita une seconde, pour bien réfléchir à la façon dont il allait tourner sa phrase.

— Je risque de me trouver un peu retardé ce soir. Sois toute prête quand j'arriverai. Je prendrai une douche et je me changerai en vitesse. Je me serai rasé ici avant de partir.

Kay ne répondit rien.

— Il faut que nous y allions, mon petit, insista Frank. Ils nous attendent. S'ils ne nous voient pas, ils voudront savoir ce qui se passe. Nous ne pouvons pas ne pas aller chez eux.

Il raccrocha.

*

Kay avait attendu le déclic, à l'autre bout du fil, pour raccrocher à son tour. Elle avait perçu un bruit de pas descendant l'escalier et sentait que, debout dans l'embrasure de la porte, quelqu'un la guettait. Elle se retourna lentement et reconnut Kosta.

Ses doux yeux tristes étaient plus clairs qu'elle ne

les avait jamais vus. Son visage avait repris un soupçon de couleurs et ses joues glabres et rebondies paraissaient débarbouillées de frais.

— On vous demande là-haut, dit-il.

Il s'avança dans la pièce et s'approcha de Kay qui ne put réprimer un mouvement de recul. L'air suppliant, il murmura d'un mince filet de voix acidulée :

— Filez-moi un petit coup de gin !

— Vous en trouverez sur l'étagère de la cuisine, dit-elle sèchement, en lui tournant le dos pour monter au premier.

Elle n'avait pas encore revu Flood depuis le moment où il l'avait envoyée se coucher, sur les quatre heures du matin, lorsqu'il était arrivé dans la cuisine, juste après le départ de Waldo. Elle avait alors filé sans demander son reste dans la chambre où était installée Doll et qui contenait deux lits jumeaux. Elle avait rapidement passé un pyjama et s'était glissée dans le lit voisin de celui où dormait la dulcinée de Wally. Elle s'était réveillée vers neuf heures du matin. La maison était encore silencieuse, mais en descendant, elle avait constaté que Frank était déjà parti.

Vers une heure de l'après-midi, Wally avait fait, à son tour, son apparition. Elle lui avait préparé du café et des sandwiches qu'il avait emportés dans sa chambre. Un peu plus tard, Doll était également descendue. Kay lui avait servi son déjeuner, mais ni l'une ni l'autre n'était d'humeur loquace et Doll n'avait pas tardé à remonter.

Flood s'était installé dans la chambre qui s'ouvrait sur le couloir, juste après celle de Kosta et en face de celle que Kay avait préparée pour Roy et Wally.

Celle qu'elle avait partagée avec Frank tant qu'ils avaient été seuls se trouvait à l'autre extrémité du couloir, en face de celle de Kosta. Officiellement, Frank était censé avoir occupé la cinquième chambre de l'étage, une petite cellule contiguë à l'unique salle de bains et qui donnait sur le palier.

Flood accueillit Kay d'un signe de tête et s'effaça pour la laisser entrer dans sa chambre. C'était une grande pièce carrée pourvue de deux lits à deux places qui se faisaient face. Le centre de la pièce était occupé par une grande table ronde et l'un des angles par un lavabo.

Doll, Wally et Roy étaient installés autour de la table. Wally avait devant lui une mitraillette démontée et il en graissait les pièces. A côté de la mitraillette on pouvait voir un pistolet automatique et un tas de munitions.

Flood attendit que Kay fût entrée et eût refermé la porte.

— Tu vas nous monter quelque chose à boire, dit-il. Prépare-nous aussi des sandwiches et des trucs comme ça. Pour moi, deux œufs à la coque et du pain grillé.

— Moi, une bière, demanda Wally sans lever la tête.

— Un Coca-Cola, pour moi, annonça Roy.

— Et amène-nous aussi du café, ajouta Flood.

Doll se leva tout à coup.

— Je vais descendre vous aider, proposa-t-elle. Vous ne pourrez jamais remonter ça toute seule.

D'un geste Flood la cloua sur place.

— Pas question ! Je ne veux plus que personne descende. Je ne tiens pas à courir le risque que quelqu'un nous voie. Elle se débrouillera comme elle pourra.

— Le gros lard est en bas, remarqua Roy en tournant légèrement la tête.

— Lui, ça n'a pas d'importance, dit brièvement Flood. On sait déjà qu'il loge ici. Nous autres, c'est différent. Nous ne bougeons plus de la carrée avant l'heure du départ demain soir.

Doll voulut rouspéter mais Kay avait déjà quitté la chambre et se dirigeait vers l'escalier. Avant qu'elle eût posé le pied sur la première marche, elle sentit une main se poser sur son bras. Flood l'avait suivie sans bruit en refermant la porte de la chambre derrière lui. Il la poussa en silence dans sa propre chambre, à elle.

— J'ai deux mots à te dire, fit-il.

Il parlait d'un ton très naturel, mais ses paroles avaient quelque chose de menaçant.

— Descends d'abord chercher la bectance, ordonna-t-il. Tu en profiteras pour dire de ma part à ce cinglé de Kosta que si je le pince en train de s'en jeter un, je dirai aux autres de lui foutre une dérouillée maison.

Il la regardait droit dans les yeux, mais sans faire un geste pour la toucher.

— Le téléphone a sonné tout à l'heure, ajouta-t-il. Qui était-ce ?

— Frank. Il m'appelait de la station-service pour me rappeler ce que nous devions faire ce soir.

— Qu'est-ce que vous faites de particulier ?

— Nous sommes invités chez des voisins. C'était arrangé depuis un bon bout de temps déjà et Frank pense que nous devrions y aller.

— Pourquoi est-ce si indispensable ? riposta Flood.

— Ils trouveraient bizarre que nous ne venions pas, expliqua Kay. Ils passeraient même probablement à la maison pour voir ce qui nous est arrivé.

— Qui c'est, les voisins en question ?

— Les Loxley. Ils tiennent une blanchisserie automatique en ville. Ils ont deux gosses.

— O.K., dit Flood après un instant de réflexion. Si on compte sur vous, il vaut mieux que vous y alliez, en effet. Mais souviens-toi bien d'une chose, mon petit...

Il allongea le bras tout à coup et ses longs doigts musclés s'enfoncèrent dans le bras de Kay, juste au-dessus du coude ; il l'attira brutalement tout contre lui et lui fit, à voix basse, ses recommandations.

— Tu tâcheras de te tenir convenablement, hein ? Ne va pas te noircir comme hier, ou ça ira mal. Prends un ou deux verres si tu ne peux pas refuser, mais c'est tout. Depuis quand t'es-tu mise à picoler, entre parenthèses ?

Sans attendre la réponse de Kay, il lui serra de nouveau le bras à la faire crier et la repoussa d'une bourrade.

— Et n'oublie pas qu'on aura une petite conversation en tête à tête un de ces jours, gronda-t-il. Maintenant, descends chercher la bectance !

*

Frank rentra à la maison à six heures et demie. Il trouva Kay toute seule au rez-de-chaussée. Il s'approchait d'elle, quand d'un coup d'œil elle l'invita à la prudence en lui montrant le plafond d'un léger signe de tête.

— Il y a un petit remontant pour toi qui t'attend dans la glacière, dit-elle à voix basse. Monte vite te changer et redescends. Nous partirons tout de suite après.

Il remarqua qu'elle portait un short, un bain de soleil et des souliers à talons plats, sans bas. Recoiffée, remaquillée, elle lui parut si fraîche, si belle, qu'il eut quelque peine à résister à la tentation de la serrer dans ses bras. Il se dirigea cependant vers l'escalier.

— Je reviens tout de suite, promit-il.

Quand il entra dans la grande chambre du premier, il y trouva Wally et Doll occupés à faire une belote avec un vieux jeu de cartes crasseuses. Flood était allongé tout habillé sur un des lits. Kosta avait disparu et Frank devina qu'il avait dû battre en retraite dans sa propre chambre. Roy était assis devant la table et la lecture d'un illustré retenait toute son attention.

Doll leva seule la tête lorsque Frank entra dans la chambre.

— Tu viens nous tenir compagnie, beau gosse ? soupira-t-elle. C'est fou ce qu'on se marre.

— Kay m'a dit que vous deviez sortir tous les deux, ce soir, fit Flood sans bouger de son lit. A quelle heure ?

— On nous attend d'ici une heure, au plus tard, dit Frank.

Flood s'assit sur le lit, puis se mit debout. Frank remarqua qu'il avait changé de chemise et s'était rasé. Il avait l'air aussi méticuleusement soigné qu'à l'ordinaire.

Sans mot dire, Flood se dirigea vers la porte, et Frank le suivit hors de la pièce. Une fois dans le couloir, Flood se tourna vers lui.

— Va nous chercher à boire, dit-il. Du scotch sans eau pour moi, si vous en avez. Je t'attends ici.

Il passa dans la chambre à deux lits, réservée à Kay et Doll.

Frank descendit à la cuisine où Kay lavait des assiettes sur l'évier. Elle leva rapidement la tête en l'entendant, mais Frank lui fit un geste de dénégation avant de prendre une bouteille de whisky à moitié pleine dans le placard aux liqueurs. Il chercha deux verres propres et déboucha une bouteille d'eau gazeuse.

— Ne sois pas trop long, murmura Kay au moment où il passait devant elle pour remonter.

— Non, non, promit-il.

Sitôt Frank entré dans la chambre, Flood passa derrière lui et referma la porte.

Frank remplit les deux verres. Il en tendit un à Flood qui le garda dans sa main sans y toucher, en fixant Frank en silence pendant un long moment.

— Tu trouves ça intelligent d'avoir laissé Kay se noircir hier soir ? dit-il enfin.

Frank renfonça légèrement la tête dans ses épaules. Sa réponse était toute prête :

— Est-ce que ça me regarde ? grogna-t-il. Je ne suis pas sa bonne d'enfant, moi !

— Je vois, fit Flood en le dévisageant sans aménité. Et elle joue souvent à ce petit jeu-là ?

— Oh ! non. C'est même, je crois bien, la première fois que je la vois boire. L'arrivée du flic a dû l'énerver. Mais tu peux être tranquille, elle l'a bouclée.

— Comment se fait-il que ce flicard soit resté si longtemps ?

— C'est un copain, dit Frank. Tu sais bien que tu m'avais recommandé de me mettre bien avec la flicaille du patelin.

— Exact, reconnut Flood. C'était mon idée, en effet. Mais je ne t'avais pas recommandé de laisser mon amie se saouler avec eux.

— Oh ! elle n'était pas si noire que ça, protesta Frank.

— Te fatigue pas. Je laisse tomber pour l'instant, mais on en recausera. Reste encore cette histoire de sortie de ce soir. Ça ne me plaît pas. L'un de vous devrait rester ici, pour le cas où quelqu'un viendrait rôder autour de la baraque. Autre chose : si vous partez tous les deux, on ne va pas pouvoir allumer avant votre retour ; ce serait trop dangereux. Mais ça m'emmerde, moi, de passer toute la soirée dans le noir.

— Mais Kosta sera là, lui, dit Frank. N'oublie pas qu'il est censé être mon oncle.

— D'accord, reconnut Flood à contrecœur. Kosta sera là en effet... (Il haussa les épaules d'un air écœuré.) Charmante soirée : Wally et sa Doll, Roy, Kosta... Je vais bien me marrer...

— On rentrera de bonne heure, promit Frank.

— Tâche de ne pas oublier l'heure. C'est un conseil.

*

Ils passèrent une excellente soirée.

A onze heures et demie, Kay était allée dans la cuisine avec Alice Loxley, tandis que les deux hommes restaient assis autour de la table à jeux du salon, en bavardant amicalement. On les entendait de la cuisine où Kay aidait Alice à préparer le petit souper qu'ils devaient partager avant de se séparer. Alice surveillait une fondue sur son fourneau. Kay préparait le café et disposait tasses et soucoupes sur un plateau.

Des lambeaux de phrases leur parvenaient du salon.

— ... de la veine, disait Sam. Une veine de pendu, même !

— Il ne s'agit pas de veine, protestait Frank. C'est surtout parce que je bosse dur. Je sais bien que j'ai l'air de me faire mousser, mais cent dix dollars, c'est quand même quelque chose. Eh bien ! c'est juste mon bénéfice net de la semaine dernière. Mais le plus important, c'est que là-dessus, plus de la moitié vient des réparations.

Kay, qui avait tendu l'oreille, perçut toute la fierté que trahissait la voix de Frank.

— Note bien que la vente de l'essence et de l'huile, je ne m'en désintéresse pas pour ça ; au contraire. C'est le plat de résistance. Mais la branche garage, c'est un truc que j'ai fait démarrer tout seul. Forcément je m'y donne davantage.

— Tu te défends bougrement mieux que ton prédécesseur, en tout cas, remarqua Sam.

« Dites qu'il réussit magnifiquement, pensait Kay. Et il est parti de zéro. Quand il a repris le poste d'essence, l'affaire mangeait de l'argent. En trois mois, il a réussi à la faire rapporter. A ce train-là, il pourrait aller loin. »

A ce moment, et pour la première fois de la soirée, elle se rappela tout à coup jusqu'où il irait effectivement avant peu. Pour la première fois, depuis plusieurs heures, elle repensa à cette maison située à cinq cents mètres de là — à cette maison qui était la leur — et aussi aux gens qui s'y trouvaient en ce moment.

« Je ne comprends pas à quoi cela peut tenir, se disait-elle. Les Loxley, qui n'ont pourtant rien d'extraordinaire, doivent posséder une espèce de talisman. Chez eux, pendant toute cette soirée passée à bavarder et à jouer aux cartes, je n'ai pas pensé une seule fois à Flood, ni aux autres. Je n'ai pas songé à la journée de demain. Et Frank non plus. Lui, il a pensé à son garage, au lavoir automatique, à son jeu… Ç'a été pour nous deux une espèce de sursis. Un sursis inattendu… et bien court, hélas ! »

Au cours de ces quatre heures, Frank n'avait nullement été le bandit qui prépare avec ses complices un crime audacieux. Elle-même avait cessé d'être l'ex-maîtresse d'un gangster, d'un voleur de banques. Oui, Frank et elle étaient véritablement devenus les personnages dont on les avait chargés de tenir le rôle : deux jeunes mariés venus en Floride pour monter une affaire dans une ville nouvelle, qui passaient paisiblement la soirée avec leurs nouveaux amis.

Mais la voix d'Alice la ramena promptement à la réalité.

— A quoi pensez-vous, ma petite Kay ? disait Alice. Vous venez de verser la moitié de la crème dans le sucrier !

Kay jeta un regard stupéfait sur son hôtesse, puis sourit en balbutiant une excuse.

— Je réfléchissais, dit-elle, ou plutôt je crois bien

que je rêvais tout debout. Je commence à être un peu fatiguée. Hier soir, je n'ai guère pu dormir...

— Allez donc rejoindre les hommes au salon, lui conseilla Alice. Je trouvais aussi que vous n'aviez pas l'air d'être dans votre assiette ce soir. Dès que nous aurons soupé, vous rentrerez chez vous vous reposer. D'ailleurs, nous sortons demain soir, Sam et moi, et nous avons besoin de dormir, nous aussi.

Et Alice la poussa gaiement hors de la cuisine.

Frank, qui avait tourné la tête à l'entrée de Kay, dut remarquer quelque chose d'anormal dans les yeux de la jeune femme, car il se leva aussitôt pour aller à sa rencontre.

— Est-ce que... ?

Avant qu'il pût achever sa question, des pleurs bruyants retentirent au fond de la maison. Ils s'immobilisèrent tous les quatre, l'oreille tendue. Les cris parvenaient de la chambre à coucher du fond ; c'étaient des pleurs d'enfant. Les Loxley sortirent du salon en courant, mais Alice ne tarda pas à revenir.

— C'était Sammy, expliqua-t-elle. Oh ! rassurez-vous, s'empressa-t-elle d'ajouter en voyant Kay prête à s'élancer, il n'y avait rien de grave. Il a eu un cauchemar et il a eu peur en se réveillant. Et maintenant, voilà Bitty réveillée aussi. Vous seriez très gentille si vous vouliez bien me faire chauffer un peu de lait, ma petite Kay, dit-elle en se tournant vers la jeune femme. Je vais leur préparer une tasse de chocolat pour les aider à se rendormir. Sam est en train de consoler Sammy et je vais retourner auprès de Bitty. Vous n'aurez qu'à m'appeler dès que le lait commencera à frémir. Je ferai le reste.

Elle repartit en courant vers la chambre des

enfants, tandis que Frank accompagnait Kay dans la cuisine.

Il ne fallut qu'un instant à la jeune femme pour verser un peu de lait dans une casserole et allumer le gaz. Elle alla ensuite fermer doucement la porte de la cuisine.

Frank devina, à son expression, qu'il venait de se passer quelque chose en elle, qu'une préoccupation la tourmentait. Il discernait en elle un changement subtil qu'il ne parvenait pas à s'expliquer.

Elle revint bientôt se planter en face de lui.

— Frank, murmura-t-elle, il faut que je te dise quelque chose. Maintenant. Tout de suite.

— Mais voyons, chérie, il vaudrait mieux attendre que…

— Ça ne peut pas attendre, Frank.

Il voulut la saisir dans ses bras, mais elle se déroba à son étreinte.

— Je viens de prendre une décision, Frank, dit-elle en levant vers lui des yeux étrangement assombris. Je ne retournerai plus jamais là-bas. C'est fini. Ce soir, en partant d'ici, je m'en irai pour toujours. Je voudrais que tu viennes avec moi, mais d'une façon ou de l'autre, je partirai. Je ne peux pas retourner là-bas. Je t'aime et j'ai besoin de toi, mais si tu dois devenir un criminel, ce sera fini entre nous.

Frank la contemplait, médusé.

— Mais explique-moi au moins ce qui s'est passé, mon petit lapin. Qu'est-ce qui te prend comme ça, tout d'un coup ? Tu es malade, ou quoi ?

Il essaya, une nouvelle fois, de la prendre dans ses bras, mais elle parvint encore à le repousser.

— Non, Frank, dit-elle, je ne suis pas malade. Mais je l'ai sans doute été pendant bien longtemps.

Aujourd'hui, pour la première fois depuis des mois, peut-être depuis des années, je me sens bien portante, normale...

Elle secoua légèrement la tête et battit des paupières pour essayer de retenir ses larmes.

— Tu ne saisis donc pas ? Oh ! mon chéri, je t'en prie, essaie de comprendre. Nous avons été fous, tous les deux, fous à lier. Tu n'es pas un bandit, ni un cambrioleur, toi. Comment pourrais-tu l'être ? Comment pourrais-je t'aimer, si tu l'étais ? Au fond, tu es un brave garçon très honnête. Tu n'as pas eu de chance dans la vie, voilà tout. Mais les choses ont changé, maintenant. Tu ne t'en rends pas compte encore, mais tu es devenu semblable à Sam. Tu as un métier, une affaire, un avenir devant toi...

— Tu voudrais que je laisse tomber Flood comme ça, sans rien lui dire ?

— Oui, je veux que tu laisses tomber ce genre de vie, dit simplement Kay.

— Mais si j'ai une situation, c'est à Flood que je la dois, insista Frank, avec obstination. Sans lui je n'aurais pas pu connaître cette vie dont tu parles. Je n'aurais pas pu te connaître, toi.

Kay se mit à pleurer sans bruit.

— C'est vrai, dit-elle. Il a rendu tout cela possible. Mais, maintenant, il veut tout nous reprendre. Et, en nous le reprenant, il veut nous perdre.

— Mais je lui dois quand même beaucoup. A commencer par la vie, très probablement. Et toi, Kay, voyons... tu reconnais toi-même que Flood a été bon pour toi, gentil, affectueux, au moment où tu en avais bien besoin.

— Oui, oui, je sais. Mais nous lui avons payé notre dette. Et largement. Je ne te propose pas de le dénoncer. Je ne te demande pas de le trahir, de lui faire du mal. Je te demande seulement de ne pas aller plus loin sur la voie où il t'a engagé et de partir avec moi, maintenant. Avant qu'il ne soit trop tard...

Cette fois ce fut Kay qui s'approcha de lui. Elle le serra dans ses bras en levant les yeux vers lui. Maintenant, elle ne pleurait plus.

— C'est la seule solution, répéta-t-elle. Il faut que tu choisisses : ou bien nous deux, ou bien les autres... ceux de la maison, là-bas...

Frank fixa un long moment le visage tourné vers le sien. Ses traits s'adoucirent soudain et il poussa un lent soupir.

— Entendu, fit-il. C'est décidé, chérie. Tu ne me laisses guère le choix, mais ce sera nous deux.

Elle tenta de lui sourire, sans y parvenir.

— Alors, nous allons partir maintenant ? Sans espoir de retour ?

— Dès que nous aurons mangé la fondue d'Alice, promit Frank.

Il inclina la tête et leurs lèvres se rejoignirent.

— Eh bien ! dites donc !

Ils sursautèrent et se séparèrent rapidement en apercevant Alice, debout sur le pas de la porte.

— Ça, par exemple ! s'écria-t-elle avec un large sourire. Mais ce sont de vrais tourtereaux ! Un vieux ménage comme vous, vous n'avez pas honte ?

Elle entra en riant dans la cuisine.

— Et par-dessus le marché, vous avez laissé échapper mon lait, dit-elle. Ça ne fait rien, je vais m'en occuper. Filez retrouver Sam, mes petits enfants, je vous rejoins dans deux minutes. Nous allons souper et vous rentrerez bien vite vous coucher. J'ai même l'impression, pour parler crûment, que c'est ce que vous avez de mieux à faire.

Alice, cependant, ne put s'attabler avec eux autour de la fondue arrosée d'un excellent café. Elle se trouva retenue par les enfants et ne revint que lorsque ses invités avaient presque terminé. Elle s'excusa :

— Quel sale gosse ! dit-elle d'une voix où se mêlaient l'agacement et l'affection maternelle. Mais, au fond, on ne peut pas lui en vouloir à ce pauvre Sammy, il est tellement surexcité par la perspective de la soirée de demain qu'il rêve sans cesse du dragon.

— Du dragon ? demanda Kay, sans comprendre.

— Mais oui, expliqua Alice. Vous ne saviez pas ? Demain Sammy tient le rôle d'un chevalier dans la pièce, et il doit tuer le dragon. C'est la première fois qu'il joue et il a pris son rôle un peu trop au sérieux. Maintenant, il a très peur que le dragon ne veuille pas mourir. Il ne sait plus très bien distinguer le jeu de la réalité.

Kay lui sourit.

— Sammy est adorable ! déclara-t-elle. Je voudrais beaucoup avoir un fils comme lui et une petite fille qui ressemble à Bitty.

Frank la regarda avec tendresse.

— Qu'est-ce que c'est donc que cette fameuse pièce ? dit-il en se levant. Je n'en avais pas entendu parler.

— Pas entendu parler ? s'écria Sam. Ça, alors ! Mais mon pauvre vieux, il n'est question que de ça, voyons. Tiens, il me reste justement deux billets à placer.

Il fouilla dans sa poche et en tira un petit carnet à souches.

— Vous n'êtes décidément au courant de rien. C'est le grand événement de l'année. Ça aura lieu demain soir dans la salle des fêtes de l'école. Comment...

Il s'arrêta et ouvrit de grands yeux en contemplant Kay avec stupéfaction.

— Mon Dieu, s'écria-t-il, mais qu'est-ce que...

Frank eut tout juste le temps de rattraper Kay au vol. Elle s'était évanouie.

*

Ils avaient sagement rangé leur auto sur le côté droit de la route, à cinq cents mètres de la maison des Loxley, et du côté opposé. Ils étaient restés là, tous feux éteints, pendant plus d'un quart d'heure.

La respiration de Kay était encore irrégulière, mais elle se sentait mieux. Elle parut sur le point de dire quelque chose, mais Frank lui posa rapidement un doigt sur les lèvres.

— Pas encore, chérie, murmura-t-il. Repose-toi encore un petit moment. Retrouve ton souffle.

Il se renfonça sur la banquette. Lui aussi paraissait essoufflé. Ses mâchoires étaient violemment contractées.

L'évanouissement de Kay chez leurs hôtes les avait mis, pendant quelques instants, dans une situation assez délicate. Bien entendu Sam et Alice s'étaient montrés très aimables. Presque trop, même. Ils avaient fait tout ce qu'ils pouvaient, apportant du cognac, des sels, tout ce qu'il fallait. Ils avaient même proposé à Frank de l'aider à ramener Kay chez elle.

Il avait tâché de leur faire comprendre qu'elle était souffrante et avait besoin d'un médicament qu'il avait oublié au poste d'essence. Sam avait aussitôt insisté pour aller le lui chercher en voiture.

A force de protestations, Frank était finalement parvenu à l'en dissuader et à prendre congé des Loxley, non sans avoir dû répéter cent fois que le malaise de Kay n'avait aucune gravité et qu'il lui fallait surtout du repos et de l'air.

Les Loxley avaient manifesté beaucoup de compassion et d'inquiétude et avaient courtoisement accepté toutes les explications de Frank. En réalité, ils n'y avaient rien compris du tout. Frank ne pensait pas pourtant qu'ils eussent fait le rapprochement entre le malaise de Kay et ce que Sam avait dit à propos de la pièce qui devait se jouer dans la salle des fêtes de l'école.

Peu à peu, Kay serra moins fort le bras de Frank. Il sentit qu'elle se tournait vers lui, qu'elle allait parler.

— Oh ! mon Dieu, mon Dieu ! gémit-elle.

— Voyons, mon petit, calme-toi, dit Frank. Ne...

— Que je me calme ? Mais Frank, tu n'as donc rien compris ? Demain soir, la salle des fêtes sera pleine de monde. Et surtout d'enfants. D'enfants comme Bitty et Sammy... Et c'est juste à ce moment-là que Kosta...

Elle se remit à sangloter ; il lui fallut plusieurs minutes pour se calmer.

— Frank, dit-elle enfin, qu'est-ce que nous allons faire ?

Il resta pendant un long moment les yeux fixés sur le pare-brise opaque avant de se risquer à lui répondre.

— Je ne sais pas, avoua-t-il. Vraiment je n'en sais rien. Mais en tout cas, une chose est sûre : maintenant nous ne pouvons plus partir.

— Non, tu as raison. Nous sommes trop avancés pour reculer. Mon Dieu, comment avons-nous pu... ?

— Peu importe, dit rudement Frank. Ce qui est fait est fait. Ce n'est plus le moment de le regretter.

— Il va falloir les prévenir, dit Kay. Il faudra avertir la police.

Frank resta un long moment silencieux.

— Non, dit-il enfin. Non... Pas encore, tout au moins. Laisser tomber Flood, ça j'aurais encore pu... Mais le donner aux flics, pas question. Il m'a sauvé la vie ; et c'est une chose qu'on n'oublie pas.

— Tu te rends compte que tu parles d'un homme qui s'apprête à mettre le feu à un bâtiment rempli de femmes et d'enfants ? Mon Dieu, Frank, mais tu ne vois donc pas... ?

— Il ne sait pas qu'on doit y jouer une pièce demain et que la salle sera pleine de monde, remarqua Frank. Nous n'en savions rien nous-mêmes.

— Qu'est-ce que ça peut faire ? répliqua Kay. Qu'il le sache, ou pas, les gens seront là quand même.

— Je ne veux pas le dénoncer, répéta Frank. Il faut trouver autre chose... retourner là-bas, lui expliquer...

— Et si, malgré tes explications, il ne veut pas modifier ses projets ?

Frank attira la jeune femme contre lui et la serra dans ses bras.

— Mon amour, fais-moi un peu confiance. Je te promets que, quoi qu'il arrive, Kosta ne touchera pas à l'école. S'ils tiennent à cambrioler leur banque ou à mettre le feu à quelque vieille bâtisse inoccupée, ma foi, ça les regarde. Mais ils ne s'attaqueront pas à l'école. Tu peux être tranquille.

CHAPITRE IX

On aurait dit un volcan sur le point d'entrer en éruption.

Au cours de la journée la fièvre n'avait cessé de croître. L'atmosphère chaude, humide, pesante, n'y avait pas peu contribué. Il n'y avait pas un souffle d'air. Le samedi après-midi, à six heures, le thermomètre était monté à trente-cinq, ce qui était énorme pour la saison. Mais il n'y avait pas que la chaleur ; il y avait surtout les êtres humains rassemblés dans la maison, leur attente, leur peur ; sans compter la subtile ambiance d'antipathie et de méfiance qui commençait à agir sur chacun.

Entre Flood, Frank et Kay, il y avait autre chose encore. Tout avait probablement commencé lorsque Flood avait revu Kay à Palm Beach pour la première fois. Ses premiers soupçons avaient rapidement pris racine et ils s'étalaient maintenant au grand jour comme une plante tropicale vénéneuse.

L'état dans lequel il avait vu Kay, le soir où Waldo était venu boire avec Frank et elle une bonne partie de la nuit, avait aussi sa part dans l'énervement de Flood. La présence même du policier avait allumé chez lui une nouvelle étincelle de méfiance.

Et la conversation qu'il avait eue avec Frank, à propos de l'école, n'avait évidemment rien arrangé.

Sur le moment, Flood n'avait rien fait, ni rien dit d'extraordinaire. Il s'était même montré très arrangeant pour un homme résolu à commettre un vol à main armée et éventuellement un ou plusieurs meurtres.

— Non, avait-il dit, tu as raison. Je ne tiens pas à me mettre sur le dos la mort d'un tas de femmes et de mômes... Ni celle de n'importe qui d'ailleurs. Ce n'est pas comme ça que je travaille.

L'aspect moral de la question n'avait même pas effleuré Flood. Il n'avait envisagé les incidences de son crime que par rapport à lui-même.

— Non, avait-il continué, je ne veux pas de ça. Tu as bien fait de m'en parler. Je m'arrangerai pour que Kosta ne touche pas à l'école. Il mettra le feu à la mairie, voilà tout. Là, au moins, il n'y aura personne.

Il s'était donc montré assez conciliant sur ce point, mais il y avait eu quelque chose dans son expression, dans son regard, qui avait inquiété Frank.

— Vous voilà rentiers, toi et Kay, avait ajouté Flood. (Il avait prononcé le nom de la jeune femme avec antipathie ; presque avec amertume.) Vous n'avez plus qu'à vous les rouler. A partir de maintenant, c'est moi qui m'occupe de tout. Que Kay se tienne bien peinarde et surtout qu'elle n'attire pas l'attention. Exactement comme toi, d'ailleurs. Il faudra seulement que tu prennes Kosta dans ta bagnole, ce soir. Il ne connaît pas la ville et, du reste, il est incapable de conduire. Quand tu l'auras déposé, tu seras libre.

C'était presque trop beau. Quelque chose ne

collait pas. Et le soin qu'apportait Flood à ne jamais le laisser une minute seul avec Kay l'inquiétait aussi.

De tous les truands rassemblés dans la maison, on aurait pu penser que Kosta aurait été le premier à donner des signes d'énervement, à se trouver complètement à plat à l'approche de l'heure H. Chose bizarre, il se montrait au contraire de plus en plus calme et maître de lui.

Il avait cessé de boire, moitié volontairement, moitié du fait de l'incessante vigilance de Flood. Ses yeux globuleux étaient devenus plus limpides, moins névrosés ; l'état de surexcitation contenue qui caractérisait son comportement depuis son arrivée s'était atténué.

Il passa la plus grande partie de l'après-midi du samedi seul dans sa chambre. Il travaillait aux engins qu'il avait amenés avec lui dans sa lourde valise. Vers la fin de la journée, il était sorti un moment ; il avait pris Flood à part et ils avaient chuchoté quelques minutes ensemble. En regagnant sa chambre, il avait croisé Doll qui revenait de la salle de bains. Celle-ci, qui longeait le couloir tout en remettant de l'ordre dans sa toilette n'avait pas entendu le pas feutré de Kosta. Quand elle le frôla, elle leva la tête et esquissa un sourire machinal avant même de l'avoir reconnu. Kosta passa son chemin sans lui accorder un regard.

— Garce ! marmonna-t-il entre ses dents. Salope !

Médusée, Doll le vit disparaître dans sa chambre. Quand elle fut revenue dans la pièce où se trouvait Wally, elle manifesta violemment son indignation.

— On n'a pas idée d'être aussi mal embouché que ce gros lard ! Il manque me flanquer par terre dans le couloir et c'est lui qui m'engueule !

Wally leva les yeux vers elle, mais resta muet.

— Je voudrais quand même bien savoir ce qui se passe dans cette baraque, insista Doll. Je commence à en avoir ma claque, moi. C'est comme cette poule blonde… Pour qui est-ce qu'elle se prend, celle-là, avec ses grands airs ?

— La ferme ! ordonna sèchement Wally. Assieds-toi là et boucle-la.

— J'ai bien le droit de causer, non ? protesta Doll.

Sans répondre, il allongea le bras par-dessus la table et la gifla.

— Je t'ai dit de fermer ta gueule.

— Du calme, coupa Flood. Je ne veux pas d'histoires. Absolument pas. Et toi, ajouta-t-il à l'intention de Doll, fous le camp dans ta piaule.

Roy était allongé sur l'un des lits. Il ne disait rien, et se contentait d'observer les autres. Il sentait bien la surexcitation générale, la fièvre qui montait autour de lui. Cela le rendait tout heureux. En voyant Wally gifler Doll, il avait senti son sang courir plus vite. Il espéra même un instant que Wally ne s'en tiendrait pas là et flanquerait à la fille une correction soignée.

Conformément aux ordres de Flood, Frank resta à la station-service jusqu'à quatre heures. Il revint ensuite à la maison, après avoir confié la caisse à Ham ; car Flood lui avait recommandé de trouver un prétexte pour rentrer chez lui de bonne heure. Quant à Kay, elle passa la plus grande partie de sa journée à la cuisine, où elle s'acquitta de menues corvées ménagères. Elle cherchait surtout à ne pas rester oisive. Cela ne lui fut, du reste, pas trop difficile car elle devait faire la cuisine pour toute la bande, non sans prendre certaines précautions, pour que tout eût l'air normal si d'aventure quelqu'un était passé la voir.

Sa journée n'avait pas été bien gaie, car elle ne savait ni ce que comptait faire Frank, ni surtout ce qu'il pourrait faire.

Elle ignorait aussi les projets exacts de Flood. Elle savait seulement qu'il allait cambrioler la banque et revenir à la maison pour s'y planquer s'ils n'avaient pas la possibilité de prendre le large aussitôt le coup fait. Quant à Kosta... Evidememnt, Frank lui avait fait une promesse à ce sujet, et elle avait confiance en lui. Mais cela ne l'empêchait pas de se tourmenter.

A sept heures et demie, Kay entendit le bruit lointain de l'auto des Loxley qui démarrait sur la route. Elle pâlit légèrement. Flood, qui était assis dans la cuisine en compagnie de Frank, haussa les sourcils d'un air surpris. Il se leva, s'apprêtant déjà à quitter la pièce pour le cas où l'auto serait venue de leur côté, mais il se rassit une seconde plus tard, tandis que le ronflement du moteur se perdait dans l'air humide du soir.

A huit heures et demie, il se leva de nouveau.

— Tu y es ? dit-il à Frank. Il est temps. Il faut que Kosta et toi vous soyez partis d'ici avant neuf heures. Je vais monter lui dire un mot. Tu ferais bien de commencer à te préparer en attendant.

*

Le vieux Hans Paulmeyer fit sa valise à sept heures. Après en avoir bouclé les courroies, il se lava une dernière fois les mains, les essuya soigneusement, noua sa cravate et remit son veston et son chapeau. Il souleva la valise, la descendit au rez-de-chaussée et la déposa dans le couloir, tandis qu'il frappait à la porte de l'appartement du fond.

Il tendit une enveloppe à Mme Flagman qui était venue lui ouvrir.

— Voilà le loyer de la semaine, fit-il sèchement. Miss Ramsey m'avait dit de vous le remettre si je partais ; or, je pars maintenant.

Mme Flagman prit machinalement l'enveloppe.

— J'espère que vous n'avez pas à vous plaindre de la maison, dit-elle. J'espère que…

Le vieil homme la laissa à ses espérances ; il lui tourna le dos, longea le couloir en sens inverse et sortit. Sans prendre la peine de héler un taxi, il se rendit à pied à la gare, sa valise à la main. Il traînait légèrement la jambe en arrivant au guichet où il prit un aller direct jusqu'à New York. De là, il passa aux bagages et y fit enregistrer sa valise. L'employé lui promit qu'elle partirait par le premier train.

Il ressortit de la gare et se dirigea vers un restaurant situé en face de la station des cars. Il entra, s'assit et commença par se faire apporter un journal du soir. Il connaissait par cœur l'horaire des cars et ne se pressait pas de commander. Il se fit enfin servir des côtes de porc avec de la purée, suivies de deux légumes, d'une tarte aux pommes et d'un café. Il engloutit chaque plat jusqu'à la dernière miette.

Il avait parcouru les colonnes du journal tout en mangeant et, quand il se leva pour partir, il l'abandonna derrière lui sur la table. Il traversa la rue, entra dans la station des cars et prit un aller pour Indio Beach. L'employé lui dit que le prochain car arriverait à neuf heures dix. Avec un petit grognement indifférent, le vieux alla alors s'asseoir sur le grand banc de bois de la salle d'attente. Il resta là, immobile, dans un calme absolu. Pour tout le monde, ce n'était qu'un très vieil homme qui contemplait fixement le bout de ses chaussures sans penser à rien.

*

Candle et Shorty quittèrent leur hôtel peu après le crépuscule. Ils avaient repris la voiture de location au garage, dans le cours de la journée. Shorty l'avait conduite, tandis que Candle se mettait au volant de leur propre voiture. Ils traversèrent le pont qui séparait le quartier de la plage de la vieille ville et descendirent l'avenue des Orangers presque jusqu'au point où elle coupait l'avenue des Amandiers. C'était sur cette avenue-là qui se terminait en impasse que donnait l'entrée de la centrale électrique.

Ils repérèrent un bistrot, un peu plus loin, dans l'avenue des Orangers, juste après le croisement.

Candle s'arrêta un peu avant le bistrot et Shorty un peu après. Ils pénétrèrent ensemble dans l'établissement, passèrent devant le comptoir et allèrent s'installer dans l'un des compartiments du fond. Shorty portait une serviette et Candle était chargé d'un sac de golf. Quand la serveuse s'approcha d'eux, ils lui annoncèrent qu'ils prendraient le dîner à prix fixe et deux demis.

La serveuse leur apporta les demis pendant qu'on leur préparait le plat du jour et Shorty dut déplacer sa serviette pour lui permettre de les poser sur la table. La serviette était pesante et gonflée et il la manipulait avec d'extrêmes précautions.

Ils n'échangèrent pas trois paroles de tout le repas.

*

Quand Frank sortit de la maison pour se rendre au garage, la lune n'était pas levée. Flood s'était soigneusement assuré au préalable qu'il n'y avait personne dans les parages et qu'aucune voiture ne se dirigeait de leur côté. Il suivait Frank de près. Kosta marchait sur ses talons, mais il ne dépassa pas la Chevrolet que Frank avait garée dans l'allée. Il ouvrit la portière et s'installa dans la voiture sans mot dire.

Frank entra dans le garage et alluma l'unique ampoule qui se balançait au bout de son fil, au-dessus de l'établi. Flood prenait bien soin de ne pas s'approcher de la fenêtre. Frank tira une clé de sa poche et la glissa dans le cadenas Yale qui fermait le gros coffre à outils posé sur de petits tréteaux sous l'établi. Flood s'approcha de lui pour le regarder faire.

Frank plongea la main dans le coffre et en tira un à un les outils dont il avait donné, trois jours plus tôt, la liste au vieux Paulmeyer. Il les rangea minutieusement sur l'établi avant d'enfoncer de nouveau le bras dans le coffre d'où il tira, cette fois, une paire de gants de coton. Avec une serviette éponge très fine, il essuya méthodiquement chaque outil qu'il plaçait au fur et à mesure dans le sac de grosse toile dont Flood s'était servi pour transporter les armes.

Une fois cette tâche accomplie, il chargea le sac sur son épaule et le porta à l'autre bout du garage, près de la Ford dans laquelle Wally et Roy étaient arrivés de Palm Beach. Il ouvrit la portière arrière et déposa son chargement sur le plancher.

Il ôta ses gants et se tourna vers Flood.

— Tu es sûr que Kosta a bien compris ce que tu lui as dit pour l'école ? murmura-t-il à voix basse.

— Mais oui, mais oui, affirma Flood d'une voix douce et presque amicale. Il sait ce qu'il a à faire.

— Je ne vois pas pourquoi tu ne lui fais pas prendre le premier train en partance, sitôt qu'il aura fini ? demanda Frank. Pourquoi tout compliquer en le ramenant ici ?

— Parce qu'on l'a déjà vu chez vous, expliqua Flood. Les gens savent bien qu'il loge ici. Tu ne voudrais pas qu'il disparaisse comme ça, sans crier gare, juste après un coup dur, non ?

Frank dut convenir que Flood avait raison.

— Nous partons à dix heures et demie pétantes, reprit Flood. Nous prendrons le vieux à onze heures moins le quart. Il nous faudra environ un quart d'heure pour pénétrer dans la banque. Nous passerons par-derrière, mais j'ai prévu une demi-heure de battement si on tombait sur quelqu'un ou si on avait une anicroche quelconque. Je suis d'ailleurs sûr qu'il n'y en aura pas, si Kosta et toi vous faites votre boulot comme il faut.

Frank avait déjà discuté tous les détails de leur plan de campagne une bonne douzaine de fois avec Flood. Pourquoi celui-ci lui en reparlait-il maintenant ? Il ne devait pas tarder à le comprendre.

— Il n'y aura qu'un petit changement par rapport à ce que nous avions prévu, continua Flood. Quand vous aurez fini, Kosta et toi, vous ne reviendrez pas tout de suite ici. Vous attendrez que l'incendie ait eu le temps de bien prendre et que l'alarme ait été donnée. Je veux attendre, pour partir, qu'il y ait pas mal de circulation dans les rues et que tout ait déjà démarré en ville. Les badauds vont rappliquer de partout et ça va foutre une pagaïe terrible. A ce moment-là, vous pourrez rentrer sans vous faire repérer.

Frank réfléchit un bon moment.

— D'après toi, qu'est-ce qu'on devrait faire en attendant ? demanda-t-il. On aura pas mal de temps à tuer.

— Faites ce que vous feriez normalement dans ce patelin, un samedi soir. Allez au bistrot, occupez-vous comme vous voudrez, mais tâchez que ça ait l'air naturel. Et n'oubliez pas que quand le feu aura pris, la chose la plus naturelle serait que vous alliez regarder l'incendie, comme tout le monde.

— Bon, dit Frank. En somme, nous devons attendre pour rentrer que tu aies pu partir d'ici ?

— Exactement.

Une minute plus tard ils sortaient du garage et revenaient vers la maison. Frank s'arrêta près de la Chevrolet. Après une seconde d'hésitation, Flood lui allongea une petite tape amicale dans le dos et s'éloigna. Frank s'installa au volant et sortit de l'allée. Kosta resta muet jusqu'à l'entrée de la ville.

— Je crève de soif, dit-il tout à coup. Faut absolument que je m'arrête n'importe où, pour m'en jeter un avant de me mettre au boulot.

La première réaction, tout instinctive de Frank, fut de protester, de rappeler à Kosta que Flood lui avait rigoureusement interdit de boire. Mais il se ravisa. L'idée n'était pas si mauvaise : pendant que Kosta s'abreuverait, il aurait le temps de réfléchir et il en avait grand besoin.

Ce fut à cet instant précis que Frank prit brusquement sa grande décision — cette décision irrévocable qu'il avait différée toute la journée et toute la soirée — cette décision dont il se rapprochait peu à peu depuis la nuit précédente où il avait ramené Kay à la maison.

Il avait résolu qu'il n'y aurait pas d'incendie du

tout. Non seulement il ne laisserait pas Kosta mettre le feu à la salle des fêtes de l'école, mais il l'empêcherait aussi d'incendier la mairie.

Tant pis pour Flood ! Tant pis pour les autres ! Si Flood tenait à son braquage, tant pis pour lui ; il se démerderait comme il pourrait. Frank ne comptait pas alerter la police : il ne pouvait se résoudre à donner Flood. Mais il n'avait aucun scrupule à empêcher Kosta de s'acquitter de la mission particulière qui lui avait été confiée.

Il repensa alors à Kay qu'il avait laissée seule, là-bas, avec Flood et les autres. En pensant à elle, il sentit un frisson glacé lui parcourir tout à coup l'échine.

S'il n'y avait pas d'incendie, Flood le saurait et il ne quitterait sans doute pas la maison. Il n'en partirait que pour fuir. Mais, auparavant, il réglerait le sort de Kay d'une manière ou d'une autre. Ou il l'emmènerait, ou il la laisserait derrière lui. Mais s'il la laissait...

Frank avait besoin de réfléchir, mais le temps filait rapidement.

Ils se trouvaient juste devant le bar des Tropiques, à la lisière du quartier commerçant, à trois rues de la mairie.

Frank donna un brusque coup de volant à droite pour se rapprocher du trottoir. Il s'arrêta, ouvrit la portière et sauta dans la rue.

— Allons-y, dit-il. On a juste le temps de s'en jeter un, en vitesse.

Kosta le suivit sans mot dire dans le petit bar que remplissait la foule habituelle des samedis soirs. Ils parvinrent cependant à trouver une banquette vide.

Le garçon dut leur demander deux fois ce qu'ils

voulaient prendre. Frank le regarda d'un air absent avant de parvenir à rassembler suffisamment ses esprits pour commander un double scotch. Kosta exigea du gin.

Frank entrevit tout à coup la solution qu'il cherchait. C'était décidément la façon la plus simple, la plus sûre de s'en sortir. Il fallait que Flood et son équipe puissent quitter la maison en y laissant Kay. Or, ils n'en partiraient que s'il y avait un incendie. Et, en même temps, Frank ne voulait pas laisser Kosta en allumer un.

Il ne serait pas bien difficile de mettre Kosta hors d'état de nuire. Quant à l'incendie, pourquoi ne pas se contenter d'une fausse alerte ? L'effet serait sensiblement le même. Frank pouvait en provoquer une à dix heures moins le quart exactement, et même une seconde à dix heures et demie, au moment où la bande se mettrait en route. Flood entendrait les sirènes et n'en demanderait pas davantage. Dans les petites villes comme Indio Beach, on les entendait à sept ou huit kilomètres à la ronde.

Lorsque tout le monde serait parti, Frank retournerait chercher Kay. Si Flood s'en tenait à ses projets primitifs, ce serait tant pis pour lui, mais Frank n'y pouvait rien. Il était plongé dans ses combinaisons, quand, sentant qu'on lui touchait le bras, il tourna la tête. Kosta le regardait en lui tirant la manche de ses petits doigts courts et boudinés.

— Regarde voir, souffla Kosta. Là-bas, près de la porte... Est-ce que ce n'est pas un flic qui vient d'entrer ?

Frank leva les yeux, mais n'aperçut personne de connaissance. Il secoua la tête.

— Il s'est mis derrière le grand qui a un chapeau

de cow-boy, insista Kosta. Va donc faire un tour par là-bas. Tu me diras si c'est quelqu'un que tu connais.

Frank haussa les épaules, mais pour ne pas contrarier son compagnon, il se leva et se démancha le cou par-dessus le dossier de la banquette. Il ne parvint pas à voir l'homme dont parlait Kosta.

Sans le miroir fixé au-dessus du bar, juste en face de lui, il se faisait posséder comme un débutant. Tout ce qu'il aperçut, en lorgnant entre les deux larges paires d'épaules qui obstruaient en partie son champ visuel, ce fut le reflet de son verre sur la table et celui d'une main qui s'allongeait avec précaution pour y laisser tomber quelque chose.

Il ne lui en avait pas fallu davantage. Il avait immédiatement reconnu ces doigts potelés comme ceux d'un bébé. Quand il se laissa retomber sur la banquette, l'idée lui vint d'abord que ce coup-là devait être signé Flood. Mais n'était-ce pas tout aussi bien une initiative de Kosta ? Les deux hypothèses étaient également vraisemblables.

Il ne se lança pas dans des réflexions oiseuses. Il n'en avait pas le temps.

— Je ne vois personne, dit-il. Personne de connaissance.

Tout en parlant, il regarda Kosta bien droit dans les yeux. Il tendit la main pour prendre son verre, mais il s'y prit si maladroitement qu'il le renversa en le heurtant au rebord de la table.

Il se leva d'un bond.

— Bon sang de bon sang ! s'écria-t-il. Est-il permis d'être aussi cloche !

Son truc prendrait-il ? Il n'en savait rien et s'en souciait au fond assez peu. Ce qu'en penserait Kosta lui était indifférent. L'important, c'était de l'attirer hors du bistrot, de l'emmener dans un petit coin sombre et de le mettre hors d'état de nuire.

Malheureusement, une fois qu'il serait K.O., il ne pouvait être question de le laisser là. Avec Kosta il n'y avait que deux solutions possibles : ou le livrer aux flics, ou le ramener à Flood, lorsque celui-ci quitterait la ville. Entre les pattes de la police, un dégonflé comme Kosta mangerait le morceau dans les cinq minutes. Il ne restait donc que l'autre solution : le cueillir d'un bon direct à la mâchoire, le ficeler, le flanquer dans le fond de la bagnole et mener ensuite à bien l'opération projetée.

Lorsqu'il quitterait Indio Beach avec Kay, un peu plus tard, il déposerait Kosta quelque part dans le bled, le plus loin possible de la ville, de la mairie et de la salle des fêtes de l'école.

Là, au moins, il ne ferait pas de dégâts.

Kosta insista pour commander une nouvelle tournée et Frank dut céder. Ce n'était pas le moment de s'engueuler avec Kosta. Mais, sitôt qu'on lui eut apporté son verre, Frank s'en saisit et le vida d'un trait. Il se leva, tendit un billet au garçon, et se dirigea vers la porte. Kosta ne pu faire autrement que de le suivre.

Ils remontèrent en voiture. Frank démarra et continua à remonter la rue. Arrivé devant l'hôtel de ville, il tourna à droite, contourna l'édifice et obliqua encore une fois à droite pour s'arrêter par-derrière, à peu près à hauteur du milieu du bâtiment. Ils se trouvaient derrière le tribunal, dans une petite ruelle sombre. En face d'eux s'étendait un terrain de parking entièrement vide, réservé dans la journée aux clients du grand magasin d'alimentation d'en face. La mairie déserte était plongée dans l'obscurité.

Elle dressait mélancoliquement sa masse noire dans la nuit paisible.

— Passe la valoche, tu veux, dit Kosta. Là, dans le fond…

Frank se retourna et se pencha par-dessus la banquette pour attraper la valise.

« L'imbécile ! pensait-il en se rappelant l'incident du bar. Essayer de me coller un soporifique ! C'est bien de lui, de vouloir m'assaisonner de cette façon-là. J'ai quand même eu du pot de m'en tirer. »

Ce fut sa dernière pensée avant que la crosse d'un pistolet ne s'abattît sur sa tempe.

*

A dix heures un quart, Alice Loxley se trouvait dans les coulisses de la salle des fêtes. Elle portait Bitty qui s'était endormie dans ses bras, la bouche entrouverte, ses longs cils noirs caressant ses bonnes joues rondes. Alice elle-même était tout échevelée. La soirée avait été éreintante, Bitty avait grogné sans arrêt et le petit Sammy, trop énervé pour accepter de faire sa sieste habituelle après le déjeuner, tombait de sommeil dès huit heures et demie. Il avait fallu le réveiller et l'habiller en hâte, juste avant son entrée en scène.

Sam avait bien proposé d'aider sa femme, mais Alice préférait encore se débrouiller seule. Elle avait donc expédié son mari dans la salle, pour y rejoindre les autres papas, béats d'admiration devant leur progéniture.

Le rideau s'était enfin levé et le petit Sammy Loxley avait fièrement traversé la scène pour aller affronter son dragon devant toutes les notabilités d'Indio Beach. Le dragon était représenté par trois grands élèves, incomplètement dissimulés par une longue housse de velours bizarrement cabossée, dans laquelle toute l'assistance avait reconnu sans peine un fragment du vieux rideau du Ciné-Palace.

Alice levait la main pour essuyer la sueur qui lui perlait au front quand soudain le hululement de la sirène d'incendie s'éleva dans la nuit.

Hal Morgan, qui se tenait à deux fauteuils derrière celui de Sam (Son fils Dick, âgé de dix ans, faisait le ventre du dragon) était si absorbé dans la contemplation de son rejeton que, pendant une ou deux secondes, il ne réalisa pas exactement ce qui se passait. Quand il s'en rendit compte, Sam essayait déjà de passer devant lui. Partagé entre son admiration pour son fils et les devoirs de son état (Hal était, en effet, lieutenant dans la compagnie de sapeurs-pompiers volontaires d'Indio Beach) il se leva à son tour, et une seconde plus tard, il remontait en courant l'allée centrale, à la suite de Sam.

Sur la scène, les enfants s'immobilisèrent brusquement, accordant ainsi au dragon un sursis de plusieurs minutes, alors qu'il aurait déjà dû succomber sous les coups de lance de Sammy. Figés sur place, ils écoutaient eux aussi la sirène.

La principale porte de la salle des fêtes était assiégée par une bonne douzaine de spectateurs et, dans le hall, régnait une apparente confusion. Tous les pompiers se précipitaient vers la sortie.

Dans l'intervalle, Jane Mellon, la maîtresse du jardin d'enfants, à qui incombait, de surcroît, la tâche d'accompagner au piano tous les festivals scolaires, se remit vaillamment à taper sur son clavier, le pied droit appuyant à fond sur la grande pédale.

Le gémissement de la sirène fut soudain interrompu par le bruit d'une violente explosion. Pendant un bref instant, tout le ciel parut s'embraser, en même temps que les lumières de la salle des fêtes baissaient brusquement.

Waldo Harrington, qui se tenait debout près de l'entrée, avait déjà bondi dans sa voiture. Il fila à toute allure vers le centre de la ville, précédant la première fournée de volontaires qui se déversait en direction du poste d'incendie, situé quelques rues plus loin. Dans une ville d'aussi faible importance qu'Indio Beach, les sinistres sont rares. Comme c'était le deuxième de la semaine, cet incendie avait porté l'émotion à son comble avant même que la plupart des gens n'aient compris que c'était leur mairie qui s'en allait ainsi en fumée.

*

Aussi loin que remontaient ses souvenirs, Ham Johnstone s'était toujours conformé au même rite, tous les samedis soirs. Ceux, du moins, où il avait touché sa paye ! Ce jour-là ne fit pas exception à la règle.

Après avoir tout nettoyé, il avait fermé la station-service. Il avait ensuite pris la vieille camionnette pour gagner le faubourg des noirs, à cinq kilomètres au nord du centre d'Indio Beach. Il était d'abord passé au magasin d'alimentation, où il était allé changer son chèque et payer sa note hebdomadaire d'épicerie et de produits variés.

Il avait bavardé quelques minutes avec l'épicier et

sa femme, puis s'était rendu à son bistrot habituel, un peu plus loin dans la rue. La patronne, une nommée Fanny Smith, était une vieille connaissance à lui. Ham alla droit au fond du bar, où il savait la trouver installée comme à l'ordinaire sur un énorme fauteuil de rotin en piteux état. Il retira un billet de cinq dollars de son portefeuille et tendit celui-ci à Fanny.

Tous les lundis matin, il repassait au bistrot prendre son portefeuille dont le contenu était resté intact. Aucune force divine ou humaine n'aurait persuadé Fanny de s'en séparer avant le lundi matin.

Ham revint ensuite au bar et commanda une tournée générale, au bénéfice de tous ceux qui se trouvaient alors dans l'établissement. Ce samedi-là, son premier verre lui coûta ainsi, à lui seul, trois dollars sur les cinq dont il disposait. Il allait donc être forcé de faire durer jusqu'au lundi les deux dollars restant. Sans compter, bien entendu, les quelques verres qu'il risquait de récolter de-ci, de-là, en retour de sa première politesse.

A dix heures, il était de fort bonne humeur. A moitié ivre, mais plein d'appétit et sans un rond en poche, Ham sortit du bistrot et remonta dans la vieille camionnette. Il démarra, passa en seconde et retraversa toute la ville, par l'avenue des Orangers, pour regagner la petite cahute qu'il habitait au beau milieu d'un terrain vague, dans un quartier excentrique. Il resta en seconde, d'un bout à l'autre du trajet, car il se rendait fort bien compte qu'il avait un peu bu et ne tenait pas à risquer des embêtements inutiles.

Il avait atteint le croisement qu'il devait prendre, à deux kilomètres environ de chez les Harper, quand il entendit la sirène. Une seconde plus tard, le fracas de l'explosion lui secouait le tympan. Il s'arrêta net et se retourna juste à temps pour voir des flammes jaillir très haut dans l'air.

— Mince alors ! balbutia-t-il. C'est pas possible !

Il remit la camionnette en route. Il était miraculeusement dégrisé, du coup.

— Je ferais bien d'aller voir si m'sieur Harper veut que je retourne au poste d'essence, dit-il tout haut. Oui, m'sieur, ça vaudrait quand même mieux.

Il n'avait pas oublié que le jour où l'entrepôt avait pris feu, Frank lui avait enjoint de veiller aux étincelles.

*

Ils étaient là, tous les cinq, à attendre. Doll avait demandé à Wally de faire une partie de cartes avec elle, mais il n'avait même pas pris la peine de lui répondre. Elle s'était alors tournée vers Kay, mais celle-ci, assise près de la fenêtre, contemplait fixement la nuit. Doll avait haussé les épaules sans insister davantage. Roy était très occupé à se curer les ongles avec son canif. Flood, lui, ne faisait rien. Il se contentait d'observer les autres en silence, du fond de son fauteuil.

Il se leva en entendant l'horloge du vestibule sonner dix heures et intima à Doll :

— File dans ta piaule !

Elle leva la tête avec étonnement.

— Je te dis de te barrer, tu ne comprends pas ?

Elle ouvrait la bouche pour protester, mais devant l'expression de Flood, elle se leva et se hâta de sortir. Dès qu'il eut entendu claquer la porte de sa chambre, Flood se tourna vers Wally.

— Tu peux y aller, dit-il. Va chez elle et attache-la solidement. N'oublie pas le bâillon surtout.

L'air farouche, Wally acquiesça d'un signe de tête.

— Vas-y aussi, Roy. Assure-toi que c'est fait proprement.

Roy rentra son canif en souriant.

— Mais sans lui faire de mal, hein ? recommanda Flood d'un ton indifférent. Faut pas qu'elle se mette à gueuler.

Sitôt qu'ils eurent quitté la pièce il se retourna vers Kay, qui l'observait, toute pâle.

— Nous partons d'ici dans cinq minutes, dit-il en la fixant de son regard morne et impassible. Tu resteras ici avec Doll. Je l'ai fait attacher pour que tu n'aies pas d'emmerdements avec elle.

Il s'interrompit un long moment.

— Tu te demandes peut-être pourquoi je ne t'en fais pas autant ? demanda-t-il enfin.

— A moi ? fit Kay. Mais pourquoi voudrais-tu que je te cause des ennuis ?

Elle le regardait avec des yeux étonnés. Elle avait peur, mais surtout elle se sentait tourmentée d'un bizarre sentiment de remords. Avec la rapidité d'un chat, il allongea le bras et la gifla à toute volée.

— A toi, parfaitement. Tu me prends pour un cave, non ? Tu crois que je ne vois pas ce qui se passe entre toi et Frank ?

Il la gifla de nouveau deux fois de suite, en aller et retour. Les larmes aux yeux, elle recula d'un pas. Il avait cependant fait bien attention de ne pas taper trop fort. Empoignant à pleine main le mince tissu de son corsage de coton, il l'attira tout contre lui, et de sa main libre lui releva le menton. Il la regarda droit dans les yeux, les lèvres pincées en une mince ligne exsangue.

— Mais malgré ça, tu attendras ici, bien peinarde, avec Doll. Tu ne bougeras pas avant que je sois revenu. Tu sais pourquoi, hein ?

Elle resta muette.

— Je vais te le dire, moi : parce que ton coquin ne va pas rentrer. Pas tout de suite, en tout cas. Il va rester avec Kosta. Il ne s'en doute pas encore, mais Kosta le gardera près de lui jusqu'à ce que tout soit fini. Après le turbin, on rappliquera tous ici. Si tout s'est bien passé, si tu as été sage, on te rendra ton Frank et tout le monde sera content.

Elle songea un instant à protester, à tenter de convaincre Flood que rien n'avait changé entre eux. Mais elle comprit qu'elle perdrait sa peine. Jamais elle ne parviendrait à le rouler. Elle n'était pas de force. Le moindre mot qu'elle se risquerait à prononcer ne ferait qu'aggraver les choses. Pourtant, elle se hasarda à ajouter :

— Frank est régulier, Flood. Tu devrais le savoir. Il l'a toujours été avec toi.

— Ça se peut, rétorqua Flood. Vous l'êtes peut-être tous les deux. Je n'en sais rien, et de toute manière je m'en fous. Mais je sais bien une chose : ce soir je ne laisserai personne me faire une entourloupette. Je n'aime pas m'exposer inutilement. C'est pour ça que tu resteras ici à surveiller la môme. Surtout ne la laisse pas se barrer. Si tout va bien, tu n'as pas à t'en faire.

« Non, pensait-elle, il a raison : je n'ai pas à m'en faire. Il sait déjà la vérité. Retors et intuitif comme il est, il doit même savoir que nous projetions de nous enfuir ensemble, Frank et moi. C'est pour cela qu'il veut le retenir en ville. Il s'est méfié, et il a tendu un piège à Frank. Maintenant, je ne peux plus rien faire pour l'aider. »

Quand la porte s'ouvrit sur Roy et Wally, Flood se hâta de repousser la jeune femme.

— Elle ne bougera pas, assura Wally.

— O.K., dit Flood. Alors, en route !

Ils arrivaient dans la cuisine quand ils entendirent le bruit lointain de la sirène d'alerte. Comme sur un signal ils s'immobilisèrent tous à la fois. Ils tendirent l'oreille.

— Ça y est, dit Flood. Vous avez bien tout ?

Wally, qui s'apprêtait déjà à sortir, s'arrêta net.

— Nom de D... ! jura-t-il. Je n'y pensais plus...

Il fit demi-tour et remonta précipitamment au premier. Il réapparut bientôt, tout en bouclant à la hâte un baudrier sous son veston. Roy, lui, avait glissé son 38 dans sa ceinture, par-dessus laquelle il boutonna sa légère veste de sport. Si Flood portait lui aussi une arme, Kay eût été bien en peine de dire où il la dissimulait. Elle ne lui en avait d'ailleurs jamais vu entre les mains.

Wally acheva d'enfiler son veston et attrapa au passage la mitraillette qu'il avait déposée un peu plus tôt sur la table en descendant. Il se dirigea vers la porte, suivi par Roy.

Flood se retourna une dernière fois vers Kay.

— N'oublie pas ce que je t'ai dit, hein ? lança-t-il. C'est un conseil d'ami.

Flood allait passer devant Wally qui lui tenait la porte quand ils entendirent le bruit d'une auto.

Roy rentra précipitamment. Pendant une demi-minute, ils parurent tous transformés en statues de sel. Flood et Wally étaient toujours devant la porte.

Roy s'était ramassé sur lui-même, comme pour bondir. Kay s'appuyait à la table.

Il n'y avait pas à s'y tromper : c'était bien une auto. Et elle se rapprochait de la maison.

— Ça ne serait pas Kosta, des fois ? demanda Wally d'une voix rauque.

— Mais non, tête de lard, grogna Flood. C'est quelqu'un d'autre. Vite, foutez-moi le camp à côté.

Ce fut alors que Kay découvrit où Flood cachait son pistolet. Il le sortit brusquement de sous son aisselle gauche, en même temps qu'il poussait les deux hommes dans le couloir, en direction du salon.

— Toi, reste là, murmura-t-il à Kay. Débarrasse-nous de cet emmerdeur. Et au trot, hein !

L'auto s'arrêtait dans le patio, au moment où Flood disparaissait à son tour dans le couloir, en laissant la porte entrebâillée derrière lui. Un instant plus tard, quelqu'un frappait précipitamment à la porte garnie de toile métallique et l'ouvrait avant même que Kay eût pu répondre.

Ham Johnstone entra dans la cuisine.

— Le patron est là, m'ame Harper ? demanda-t-il, hors d'haleine. Il y a le feu en ville ! Faut que je lui parle tout de suite !

Kay devina qu'il avait bu, mais se rendit compte en même temps qu'il avait gardé sa lucidité. Elle cherchait désespérément un moyen de s'en débarrasser.

— Vous avez dû le croiser en venant, Ham. M. Harper est parti en ville dès qu'il a entendu la sirène.

Au lieu de lui répondre, Ham ôta sa casquette et se gratta l'oreille, en dodelinant de la tête comme un magot chinois. Il leva les yeux vers Kay et lui sourit à belles dents.

— Eh ben vrai ! C'est pas mal, ça ! Il n'a pas perdu de temps, au moins, m'sieur Harper !

— Vous feriez mieux de chercher à le rejoindre, dit Kay. Il pourrait avoir besoin de vous au poste d'essence, si jamais c'est de ce côté-là que le feu a pris.

Elle n'avait pas achevé sa phrase, quand elle entendit un léger bruissement derrière la porte. Elle regarda Ham avec des yeux remplis d'une muette supplication. « Mon Dieu, mon Dieu ! mais qu'est-ce qu'il attend ? Pourquoi ne part-il pas pendant qu'il en est temps encore ? »

Ham secoua la tête de nouveau sans paraître avoir entendu Kay.

— J'y comprends rien, dit-il lentement. Je vois vraiment pas comment j'ai pu le manquer sur la route en venant...

Kay s'avança vers lui, les bras tendus, comme pour le repousser au-dehors. Mais elle s'arrêta net en constatant avec étonnement que Ham ne la regardait plus. Il contemplait quelque chose derrière elle, en roulant des yeux hagards. Sa lèvre inférieure pendait et son sourire avait disparu. Au moment même où Kay allait faire demi-tour, elle entendit claquer un coup de feu, presque à son oreille. Elle aperçut Flood debout sur le pas de la porte, son automatique à la main. Avec un petit cri d'effroi, elle se retourna alors vers le malheureux nègre.

Ham ne se trouvait plus debout au même endroit. Il était tombé sur un genou, un peu de côté. Elle le vit s'abattre lentement face contre terre, les bras en croix.

— J'en ai autant au service de Frank, si tu ne

marches pas droit, lui dit Flood en s'avançant dans la cuisine.

Kay, penchée sur Ham, tentait vainement de retenir ses larmes, mais elle ne quittait pas les trois hommes des yeux. Elle les vit tous trois sortir de la cuisine, traverser la véranda et se diriger vers le garage…

CHAPITRE X

Il descendit du car à dix heures quatre. Une demi-douzaine de personnes étaient réunies devant le comptoir du buffet. Elles s'étaient toutes retournées pour voir arriver le gros car bleu et blanc, mais les trois ou quatre voyageurs qui en descendirent n'offraient aucun intérêt particulier et personne ne remarqua Paulmeyer.

Pour tout le monde, ce n'était qu'un vieil homme comme beaucoup d'autres, arrivant à Indio Beach par le dernier car. Il en débarquait tous les jours et les gens n'y faisaient même pas attention.

Au lieu d'entrer au buffet, il alla s'asseoir sur un grand banc de bois, à l'extérieur de la station. Il ôta son léger chapeau de feutre, tira un mouchoir de sa poche et s'épongea le front. Il leva la tête et se déplaça légèrement pour pouvoir apercevoir le cadran de l'horloge accrochée au mur du buffet. Il sortit son vieil oignon de son gousset et s'assura qu'il avait l'heure juste.

Il remit la montre dans sa poche, prit sa pipe et ralluma le petit fond de tabac à moitié calciné qui était resté dans le fourneau. Dix minutes plus tard, il consulta de nouveau sa montre, mais cette fois, il ne se donna pas la peine de vérifier l'heure à l'horloge. Il entendit la sirène à l'instant précis où il la replaçait dans son gousset.

Il ne parut prêter aucune attention aux clients qui se précipitaient hors du restaurant pour aller regarder du côté du centre de la ville. Il ne broncha pas davantage quand l'explosion se produisit et que de brèves flammes jaunes embrasèrent soudain le ciel.

Le garçon sortit à son tour. Tout le monde traversa la route pour mieux apercevoir les flammes.

— Bon sang ! s'écria le garçon à la cantonade, mais c'est la mairie qui flambe, on dirait !

Il revint à son comptoir, dénoua son tablier et repartit en courant dans la direction de l'incendie.

Vingt minutes plus tard, le bonhomme était toujours à la même place. Une fois de plus, il consulta sa grosse montre en or. Il la remit dans sa poche, se leva lentement et s'engagea sur la grand-route en direction du sud. Il marchait sans se presser et il n'était arrivé qu'au deuxième carrefour après la station quand une auto qui suivait le même chemin, le dépassa et stoppa net.

Quand Paulmeyer fut arrivé à sa hauteur, la portière arrière qui se trouvait du côté du trottoir s'ouvrit.

— Monte ! dit Flood.

Il trébucha sur le sac d'outils et se laissa tomber lourdement sur la banquette. Wally qui tenait le volant démarra avec tant de hâte qu'il fit affreusement grincer les vitesses.

Trois minutes plus tard, il engageait la voiture dans l'impasse qui longeait le derrière de la banque. Il se rangea dans un coin sombre, entre deux gros camions de ciment qui s'étaient placés à cul contre le quai d'embarquement de la principale entreprise de travaux publics de la ville. Flood savait qu'on les laissait toujours là jusqu'à la fin du wek-end.

Sitôt le moteur arrêté, Flood se retourna vers l'arrière de la voiture.

— On va attendre un petit moment ici, grand-père. Il faut d'abord que les gars ouvrent la lourde. On ira les rejoindre quand ça sera fait.

Wally et Roy descendirent de voiture, tandis que Flood se penchait par la portière. Le ciel était sombre, mais de temps à autre des gerbes de flammes jaillissaient de la mairie, six rues plus loin, en direction du nord. De l'endroit où il se trouvait, Flood pouvait même entendre les cris et les rumeurs de la foule et parfois les crépitements des flammes consumant les poutres. A diverses reprises des sirènes mugirent dans le lointain. Flood se dit que c'était probablement la police d'Etat qui accourait pour aider la police municipale à contenir la foule et à diriger la circulation. Il ne se trompait d'ailleurs pas.

Il descendit, lui aussi, et fit le tour de la voiture pour jeter un coup d'œil du côté où il savait que se trouvait l'école.

Il étouffa un juron. « Mais qu'est-ce qu'il fout, Kosta, nom de Dieu ? Pourquoi met-il un temps pareil ? »

Il remonta en auto.

— Ils vont en avoir pour un petit moment, expliqua-t-il à Paulmeyer. Au lieu d'entrer directement dans la banque, ils passent par la porte de service du magasin de modes d'à côté. Nous les rejoindrons à l'intérieur et nous monterons tous au dernier étage, qui forme comble. Il y aura un mur à percer et nous déboucherons dans une salle de bains, juste au-dessus des bureaux des employés. On peut y arriver par un escalier. Nous attendrons en bas que la centrale ait sauté. Dès que ce sera fait, tu pourras te mettre au boulot.

— Et les avertisseurs antivol ? grommela le vieux Paulmeyer.

— Il n'y en a pas dans le magasin de modes, ni dans les combles. Le premier qu'on trouvera est installé dans le hall de la banque. Mais, à ce moment-là, il n'y aura plus de jus ; or leurs avertisseurs sont branchés sur le secteur.

Paulmeyer se rencogna au fond de la banquette et attendit patiemment, en silence. Il avait laissé sa pipe s'éteindre et il n'essaya même pas de la rallumer.

*

Candle était en train de guetter l'horloge du bar, quand il entendit la sirène d'alerte. Il lança un rapide coup d'œil à Shorty.

— Quarante minutes encore, et on y va, dit-il.

Shorty hocha distraitement la tête en regardant les clients du bar se répandre dans la rue. Quand l'explosion se produisit, quelques instants plus tard, et que les cloches des voitures de pompiers se mirent à retentir, il leva pensivement son verre.

— On ferait bien de remettre ça, dit-il avec le plus grand calme. D'ici que le patron se taille aussi, il n'y a pas loin !

Candle se mit à rire.

— Faut venir en province pour voir ça ! déclara-t-il.

Shorty prit les verres vides et alla les déposer sur le comptoir. Il tapa ensuite sur l'épaule du patron qui se tenait, le nez en l'air, sur le pas de sa porte et revint à regret les servir avant de retourner aussitôt à son poste d'observation.

Quelques instants plus tard, au milieu des clameurs lugubres des sirènes et du fracas des voitures de pompiers qui continuaient à arriver, Candle leva de nouveau la tête, une lueur ironique dans les yeux.

— On peut dire qu'on nous a gâtés, remarqua-t-il dans un murmure à peine perceptible. A ce train-là, les trois malheureux flics du patelin vont tous se trouver occupés. Et même s'ils ont de la police d'Etat ici, ça sera du pareil au même.

Shorty hocha la tête.

— Tu ne crois tout de même pas que c'était prévu au programme ?

Candle lui jeta un coup d'œil bizarre.

— Ça se pourrait, dit-il, ça se pourrait. Tu connais Flood. Il a de l'idée, de l'imagination à revendre !

— Ça m'épaterait quand même. Je ne le vois pas cavaler partout pour foutre le feu dans tous les coins. Non, pas ça.

Candle regarda une fois de plus la pendule sans répondre.

— Allons-y, dit-il. On va d'abord passer devant l'incendie pour voir ce que ça donne. Ça nous permettra de repérer si les flics y sont bien tous.

Ils montèrent dans l'auto de louage, en laissant la leur à l'endroit où ils l'avaient garée en arrivant.

Dès le premier carrefour, Candle se rendit compte que c'était un incendie monstre. Toute la ville semblait s'être répandue dans les rues pour jouir du spectacle ; il se dit que s'ils cherchaient à se rapprocher davantage du sinistre, ils risquaient fort de se trouver coincés par un embouteillage. Il coupa au plus court par une petite rue latérale et revint dans l'avenue des Amandiers.

— Tu y es ? demanda-t-il en filant vers la centrale.

— Paré, répliqua Shorty.

Ils dépassèrent l'allée qui conduisait à la centrale et atteignirent le fond de l'impasse que fermait une barrière de passage à niveau donnant sur la voie du chemin de fer. Candle fit prudemment demi-tour avec sa voiture, revint sur ses pas sur une centaine de mètres et s'arrêta enfin. Il n'y avait personne en vue.

Il laissa la clé de contact en place et éteignit ses lanternes. Quand il fut descendu, Shorty lui passa le sac de golf et ouvrit rapidement sa serviette sur la banquette. Il en tira deux calibres 38 d'ordonnance, en mit un dans la poche de son veston et tendit l'autre à Candle.

Ils suivirent à pied l'allée qui conduisait à la porte de la centrale. Shorty ouvrait la marche, suivi de Candle qui trimbalait le sac de golf. Une unique ampoule brillait au-dessus de la porte. Candle posa son sac à terre et se haussa sur la pointe des pieds pour la dévisser. Shorty lui tendit alors dans l'obscurité un loup de tissu noir et s'en colla un sur le visage. Ils ouvrirent la porte et entrèrent.

A onze heures, exactement, Indio Beach connut les joies d'un black-out total.

Dans la salle des fêtes où les réjouissances avaient déjà sérieusement souffert de la disparition subite d'une bonne partie du public masculin appelé sur les lieux de l'incendie, le rideau allait s'abaisser sur le finale du dernier tableau.

A la Banque des planteurs d'agrumes, Flood quittait le bureau du fondé de pouvoirs, suivi de Wally, de Roy, et du vieux Paulmeyer pour se diriger vers la salle abritant le principal coffre de l'établissement.

Devant la mairie, le brigadier Waldo Harrington, la chemise déchirée et couverte de suie, se retourna vers l'agent Menninger et le capitaine Nixon, commandant des sapeurs-pompiers, en voyant s'éteindre les lampadaires. Il lâcha une bordée de jurons retentissants.

— Manquait plus que ça ! hurla-t-il. Sacré nom de Dieu ! Une panne de courant en ce moment ! Va donc un peu téléphoner, Menny. Tâche de savoir ce qui se passe.

*

Ce fut d'abord le néant. Un néant qu'emplissait une douleur lancinante, térébrante, fulgurante... Lorsqu'il reprit peu à peu connaissance, il comprit alors qu'il était un être humain qui vivait encore, mais qui souffrait atrocement.

Il parvint à se rappeler qui il était, mais pendant un long moment il continua à ne pas savoir où il se trouvait ni ce qui lui était arrivé.

Une saveur douce-amère lui emplissait la bouche ; il ne tarda pas à s'apercevoir qu'un liquide tiède et poisseux lui coulait sur la joue. Il finit par comprendre que c'était du sang et que c'était à la tête qu'il avait mal.

Mais il ne devinait toujours pas où il pouvait se trouver ni comment il y était venu. A force de réfléchir, en remettant un peu d'ordre dans le chaos de ses idées, il se rendit enfin compte qu'il avait été blessé. Il se souvint tout à coup de Kosta. Il se rappelait maintenant avoir quitté le bar avec lui et être allés ensemble en voiture jusqu'à la mairie. Il se revit, se penchant vers l'arrière de l'auto.

Il y était encore, dans la voiture ; mais maintenant, elle roulait. Il sentit des vibrations régulières, perçut l'odeur familière d'une automobile. Il était moitié à genoux, moitié sur le flanc, tassé sur lui-même dans un noir d'encre. Le sourd battement qui lui emplissait les oreilles se calma un peu et il reconnut le bruit d'un moteur.

Un tintamarre infernal parut alors se déclencher. Tout en essayant de s'y reconnaître au milieu de ce tumulte confus, il distingua soudain le son strident d'un sifflet de police, des cris, des vociférations, le grondement d'un camion qui les dépassait, puis enfin le hurlement d'une sirène.

Il repensa alors à Kosta et, bientôt, au projet de Kosta.

Avec un gémissement, il s'efforca de lever la tête. En s'apercevant du bruit qu'il venait de faire, il s'immobilisa aussitôt en frissonnant. Il sentit qu'il ne devait pas laisser l'inconnu au volant deviner qu'il avait repris connaissance.

Le vacarme extérieur s'estompa. Un instant, il chercha à expulser de son cerveau l'horrible cauchemar de la salle des fêtes au milieu des flammes. Il savait qu'un incendie faisait rage. Les bruits qu'il venait d'entendre en étaient la preuve. Mais il avait peut-être encore le temps d'intervenir. Ce n'était pas forcément l'école qui flambait. Malgré la douleur qui lui vrillait le crâne, il fit un effort terrible pour penser avec le plus de lucidité possible. Il sentait que c'était d'une importance capitale.

Il constata qu'il était recroquevillé sur le plancher d'une auto, entre la banquette et le moteur qu'il entendait ronfler contre ses oreilles. Malgré l'obscurité, il n'eut pas trop de mal à repérer l'endroit où on l'avait déposé ; il avait assez travaillé sous les tableaux de bord de ses clients, depuis trois mois, pour s'en rendre compte.

Il comprit peu à peu ce qui avait dû se passer. Kosta l'avait assommé, probablement d'un coup de crosse de revolver, au moment où il s'était penché pour attraper le sac, dans le fond de la voiture. Il avait sous-estimé Kosta depuis A jusqu'à Z. Jamais il n'aurait supposé que Kosta était armé. Bien plus, il se rappela tout à coup que Kosta avait aigrement repoussé la suggestion de Flood, quand ce dernier lui avait proposé de prendre un flingue.

Oui, il avait sous-estimé Kosta. Il s'était conduit comme un enfant de chœur, en dépit de l'avertissement qu'il avait reçu dans le bistrot.

Kosta l'avait donc assommé et l'avait mis K.O. pour le compte. Et il avait tranquillement allumé son incendie. Son incendie ? Mais n'y en avait-il eu qu'un ?

Frank préférait ne pas y penser. « Mon Dieu, supplia-t-il tout bas, faites qu'il n'y en ait qu'un. » Frank ne savait que trop ce qui se passerait si jamais la salle des fêtes prenait feu avec tout ce monde à l'intérieur.

Il éprouva alors un amer sentiment de regret, d'abord de s'être laissé embarquer dans cette sale histoire, ensuite d'avoir été assez bête pour penser qu'on pouvait commettre un crime sans déclencher, par là même, toute une série de réactions aboutissant inexorablement à des voies de fait et même à des meurtres.

Mais il était trop tard pour s'abandonner à de

stériles regrets. Trop heureux s'il n'était pas encore trop tard pour une chose autrement importante.

Il connaissait son Kosta sur le bout du doigt. Même si la chance avait voulu que Kosta n'eût encore mis le feu qu'à la mairie, Frank savait bien que ce serait bientôt le tour de la salle des fêtes. Maintenant qu'il était lancé, Kosta ne pourrait plus s'arrêter. Même si Flood lui avait recommandé d'épargner l'école (ce dont Frank n'était nullement certain) ça n'y changerait rien. Kosta demeurait bel et bien un fou dangereux. Pour lui, c'était le plus beau jour de sa vie.

Frank remua les mains avec précaution et faillit laisser échapper un cri de soulagement en constatant qu'elles n'étaient pas attachées.

Il se douta soudain que Kosta devait être en ce moment sur le chemin de la salle des fêtes. Ayant allumé son premier incendie et convaincu que Frank était encore pour un bon moment dans le cirage, il s'apprêtait à poursuivre sa diabolique entreprise. La salle des fêtes, ce serait le bouquet, ce serait son chef-d'œuvre.

Frank n'était pas sans se rendre compte de la curieuse et perverse mentalité d'un Kosta. Un bâtiment vide, flambant comme une torche dans la nuit, ce n'était pas mal, certes, mais ça ne ferait que lui ouvrir l'appétit. Ce qu'il lui fallait, à Kosta, c'était les cris de douleur des malheureux se tordant dans les flammes pour que sa jouissance fût complète.

Mais il était trop tard pour réfléchir et tirer des plans sur la comète. Le ronflement du moteur faiblit, les pneus crissèrent sur une allée sablée. L'auto s'arrêta et Frank entendit le conducteur tirer son frein à main.

Un grand silence régnait maintenant autour de

Frank, que coupait seul un rauque soliloque à mi-voix provenant de la banquette au-dessus de lui. Un bref éclat de lumière jaillit soudain. Vite, Frank ferma les yeux en sentant le faisceau d'une lampe de poche se braquer sur lui. Un coup sourd et violent vint le frapper au visage. Il comprit que Kosta lui avait flanqué un coup de pied en pleine figure. Il dut faire un effort surhumain pour ne pas hurler.

Kosta l'enjamba avec un ricanement de dément, ouvrit la portière et descendit de voiture. Quand Frank entendit la portière arrière s'ouvrir à son tour, il devina que Kosta emmenait ses sinistres engins. Malgré la souffrance, Frank resta immobile et attendit que les pas feutrés de Kosta se fussent éloignés dans la nuit.

Il avait des crampes dans tout le corps et une de ses jambes était complètement engourdie, mais il parvint cependant à grand-peine à se redresser suffisamment pour jeter un coup d'œil au-dehors par la vitre.

En apercevant sur sa gauche le bâtiment de la salle des fêtes, il comprit aussitôt que Kosta avait garé la voiture sur le terrain d'éducation physique, derrière l'école.

Il se laissa rouler sur le sol, plutôt qu'il ne descendit de voiture, et se dirigea en titubant vers la salle des fêtes.

Il savait fort bien où il devait aller. Dans tout le bâtiment, il n'y avait qu'un coin obscur ; c'était la porte de derrière menant aux vestiaires utilisés par les équipes sportives. Ils étaient construits en planches et meublés de bancs et de casiers en bois, aussi fragiles qu'inflammables.

Il trouva la porte entrebâillée.

Il eut un instant la folle pensée d'appeler au

secours, de donner l'alarme. Mais il comprit aussitôt qu'il n'en aurait pas le temps, qu'il était déjà trop tard. Kosta avait sous la main du pétrole et un paquet d'amorces. En admettant même que Frank pût alerter les gens qui se trouvaient à l'intérieur, l'explosion se produirait avant qu'ils aient pu tous s'en échapper.

Il savait bien ce qui se passerait alors dans cette vaste salle bondée de femmes et d'enfants, si tout le monde se précipitait en même temps vers la sortie. Cette pensée lui donna le frisson ; renonçant à toute prudence, il pénétra en courant dans le vestiaire.

Il fut guidé par la lueur de la bougie que Kosta tenait à la main. Il eut juste le temps d'entrevoir un gros visage jaunâtre pareil à un masque démoniaque dont les yeux bruns exorbités étaient braqués sur lui au moment où il se ruait en avant. Sa main gauche se referma sur la bougie. Il ne pensait qu'à ça ; il fallait à tout prix éteindre cette flamme, il ne sentit même pas la brûlure qui lui mettait la paume à vif.

Les deux mains de Kosta — ces mains d'enfant, si molles d'ordinaire — se refermèrent sur sa gorge. Chose étrange, elles avaient perdu toute leur mollesse ; leurs ongles étaient autant de minuscules poignards qui lui déchiraient la chair du cou. Il sentit le corps flasque de Kosta peser de tout son poids contre le sien. Lâchant la bougie éteinte, Frank tenta de lui saisir les poignets à deux mains. Mais Kosta était animé par une vigueur de dément. Frank se sentait déjà le souffle coupé par l'étreinte de ces terribles mains auxquelles il lui semblait qu'il ne pourrait jamais faire lâcher prise. Au même instant, il sentit un objet dur lui meurtrir le flanc. Il devina aussitôt que c'était le revolver que Kosta portait dans sa poche.

Lâchant alors les mains qui l'étranglaient, il parvint à s'emparer à tâtons de l'arme providentielle. Il frappa au jugé, mais il atteignit son but. Les mains se desserrèrent une seconde, lui donnant ainsi le temps de brandir de nouveau le revolver pour l'abattre de toutes ses forces sur le crâne de Kosta.

Ils roulèrent sur le sol, l'un par-dessus l'autre.

Jamais, par la suite, il ne parvint à se rappeler comment il avait réussi à traîner Kosta jusqu'à la voiture. Il ne se rappelait même pas pourquoi l'idée lui en était venue, à moins que ce ne fût par un simple réflexe d'auto-défense. Il avait dû se dire inconsciemment que, si l'on trouvait Kosta dans le vestiaire de l'école, on ne manquerait pas d'établir un rapprochement entre l'incendiaire d'une part et Kay et lui-même de l'autre.

Il avait déjà accompli la moitié de son trajet de retour, quand il commença à y voir un peu plus clair.

Une seule pensée l'obsédait maintenant : Kay. Rentrer chez lui pour retrouver Kay. Et ensuite, filer.

*

Le mince pinceau de lumière se déplaça et, pendant une seconde, le petit trou noir se trouva plongé dans l'ombre.

— Le trou ! grommela Paulmeyer. Eclaire le trou et ne bouge pas, bon Dieu !

Wally ramena sa lampe électrique dans la bonne direction et le vieux se remit au travail.

— Il y en a encore pour longtemps ? demanda Flood.

— Non, dit Paulmeyer. Foutez-moi la paix !

Il travailla encore cinq minutes en silence avant de se redresser péniblement.

— Lumière, dit-il.

Wally lui tendit sa lampe de poche.

— Ça va bien. Maintenant reculez-vous tous. Allez, en arrière !

Ils obéirent. Paulmeyer se pencha une fois de plus et fit craquer une allumette. Une seconde plus tard, lui aussi s'éloignait précipitamment du coffre.

L'explosion projeta à quatre pattes, sur le tapis du bureau, le vieillard qui s'y était accroupi. Flood le vit tomber à la lueur aveuglante de l'éclair que suivit, une fraction de seconde plus tard, un grondement terrifiant. Il ne tenta pas de lui porter secours. Sans même attendre que les épais nuages de fumée se fussent dissipés, il se rua dans la chambre forte, comme un fou, en se frayant un chemin parmi les débris.

Il n'eut pas besoin d'expliquer à Wally et à Roy ce qu'ils avaient à faire. Ils étaient déjà à ses côtés, des sacs vides à la main, farfouillant à qui mieux mieux parmi les liasses.

Lentement, Paulmeyer se remit debout. Il commença par suivre le travail des trois hommes à la lueur avare d'une lampe à huile noircie que Wally avait posée à terre, devant l'ouverture béante. Trente secondes plus tard, il faisait demi-tour avec un petit grognement indistinct et s'enfonçait dans l'obscurité où semblait le guider un instinct infaillible. Il trouva son chemin sans difficulté à travers les bureaux et atteignit l'étage supérieur. La fumée le faisait tousser, mais ne ralentissait pas sa marche. Il arriva bientôt dans l'immeuble contigu à la banque, puis au rez-de-chaussée et se retrouva enfin dans l'impasse.

Il en sortait quand il entendit le bruit d'une sirène dans le lointain. Il se mit alors à courir en direction de la gare.

Sur la voie, très loin au sud, la grosse lanterne ronde du *Train bleu* qui relie Miami à New York perça la nuit et le mécanicien commença à freiner pour l'arrêt en gare d'Indio Beach. Il remarqua avec un certain étonnement, en traversant les faubourgs, qu'on ne voyait pas une seule lumière dans toute la ville.

Mais le *Train bleu* avait déjà quatre minutes de retard et le mécanicien avait d'autres soucis en tête. Il constata avec satisfaction qu'il n'y avait qu'un seul voyageur sur le quai. L'arrêt se trouva réduit à deux minutes en tout. Un coup de sifflet strident déchira de nouveau le silence et le train reprit bientôt sa route vers le nord.

*

Il venait de quitter l'avenue des Orangers pour s'engager dans le chemin de terre quand les réverbères s'éteignirent. Il pensa d'abord qu'il avait atteint la lisière de la ville, mais comprit bientôt ce qui avait dû se passer. Il allait falloir se presser. Flood et les autres n'allaient pas tarder à rappliquer.

Dans sa hâte, il prit mal son tournant et dérapa. La roue arrière de sa voiture quitta la chaussée et escalada le talus taillé à vif dans la roche dure. Le pneu éclata avec une détonation qui claqua comme un coup de feu. Il lâcha instinctivement l'accélérateur, mais sans chercher à s'arrêter. Il espérait encore pouvoir continuer à rouler tant bien que mal, malgré sa roue à plat.

Mais il comprit bientôt que cela ne l'avancerait à rien. Certes, il finirait bien par arriver tôt ou tard à destination, mais il mettrait plus de temps qu'en s'arrêtant pour changer son pneu.

Il stoppa avec un juron. Il allait être obligé de déplacer Kosta pour prendre les outils. Ce dernier ne donnait toujours pas signe de vie quand Frank le souleva pour le déposer sur la banquette arrière.

L'obscurité lui compliquait la tâche, mais l'entraînement qu'il avait acquis au poste d'essence, au cours de ces trois derniers mois, lui fut d'un grand secours. Après quelques fausses manœuvres, il parvint à démonter la roue.

Il avait presque fini de la changer quand il entendit une sirène mugir au loin sur la route. Il leva la tête et aperçut une auto qui roulait à fond de train vers la ville. Au moment où elle passait en hurlant non loin de lui, il reconnut une voiture de la police d'Etat. On l'avait sans doute appelée par radio de la capitale.

Le temps pressait de plus en plus.

Il avait enfin remonté sa roue de rechange et serré les écrous. Sans prendre la peine de rabaisser son cric, il s'arc-bouta contre l'arrière de l'auto et la dégagea d'une brusque secousse.

Exactement sept minutes plus tard, il voyait la maison se dresser devant lui dans la nuit, telle un énorme fantôme gris. Il donna un brusque coup de volant pour s'engager dans l'allée et, sans s'arrêter dans la cour, fila droit jusqu'au garage. Soudain, avant même qu'il n'eût arrêté son moteur et éteint ses phares, il aperçut Kay qui accourait vers lui et lui tendait les bras par la vitre ouverte.

— Oh ! mon Dieu, c'est toi, Frank ! Quel bonheur ! Enfin te voilà...

Elle poussa un cri en apercevant sa tête ensanglantée, mais il la calma d'un mot.

— Ce n'est rien, chérie. Je n'ai pas de mal. Mais il faut partir. Tout de suite !

Elle allait lui dire quelque chose et ouvrir la portière peut-être, quand il se souvint brusquement de Kosta.

— Attends, dit-il. Une seconde. Retourne d'abord à la maison prendre ce que nous devons emporter.

Il ne voulait pas sortir Kosta de l'auto en sa présence.

Kay le regarda avec de grands yeux, sans parvenir à voir nettement le visage du jeune homme dans la réverbération diffuse des phares.

— Je ne peux pas, balbutia-t-elle. Je ne peux pas aller là-bas. Il y est encore...

— Qui ça ? demanda Frank dont la voix trahit une soudaine inquiétude.

— Ham, expliqua-t-elle. Ham Johnstone. Il est dans la cuisine... et il... il est mort...

Une seconde, il la regarda, muet de stupeur ; puis il sortit lentement de la voiture.

— Ils l'ont tué, reprit-elle. Comme ça... sans raison... d'un coup de revolver.

Complètement abasourdi, il la quitta aussitôt pour se diriger vers le perron. Elle se hâta de le rattraper.

— Non, Frank. N'y va pas ! cria-t-elle avec un accent suppliant, désespéré. Nous ne pouvons rien faire, continua-t-elle. Il est trop tard. Si nous devons partir, il faut que ce soit tout de suite. Tu ne peux plus rien pour lui, maintenant.

Mais il avançait toujours à grands pas vers la maison comme s'il ne l'entendait pas.

Il trouva la lampe-tempête sous la véranda et l'apporta dans la cuisine après l'avoir allumée. Il se pencha sur le cadavre et resta là, un long moment, immobile. Il releva enfin la tête.

— Va téléphoner, dit-il d'une voix sourde, sans changer de ton. Appelle la police.

— Mais Frank...

— Maintenant, c'est fini : personne ne me fera plus me défiler.

Les yeux de Kay se remplirent lentement de larmes.

— Bien, Frank, dit-elle enfin. Je vais les prévenir.

Elle était sur le point de sortir, quand elle s'arrêta un instant.

— La petite est encore là-haut, fit-elle. Ils l'avaient ligotée.

Trois minutes plus tard, il redescendait, suivi de Doll qu'il guidait par la main dans la maison obscure. Il aperçut Kay auprès du téléphone, l'écouteur collé à l'oreille. La lampe-tempête était posée à côté d'elle, sur le plancher. Elle tourna vers Frank des yeux épouvantés.

— Je n'arrive à obtenir que le standard, dit-elle. Il paraît que toutes les lignes sont occupées ; c'est une pagaïe noire ; le commissariat ne répond pas. On ne sait pas combien de temps...

— Tant pis ! soupira Frank. On ne peut pas attendre. Tu vas prendre l'auto et filer en ville. Tâche de dénicher un flic. Il doit bien y en avoir quelque part — sans doute à proximité de l'incendie, devant la mairie. Tâche d'en trouver un et de le ramener ici.

Elle partait déjà quand il se souvint de Kosta. Il ne savait toujours pas s'il était mort ou vivant. Il traversa rapidement la pièce et arriva avant elle à la porte.

— Attends une minute, dit-il. Je vais te sortir l'auto.

Il courut jusqu'au garage, ouvrit la portière de sa voiture, allongea le bras à l'aveuglette et sentit sous ses doigts le tissu du veston de Kosta. Il le tira à lui d'une violente secousse et le fit dégringoler, comme une masse inerte, sur le sol de béton. Il le repoussa sur le côté et sortit du garage en marche arrière. Kay l'attendait dehors.

— Frank, murmura-t-elle, es-tu bien sûr de ne pas faire une bêtise ?

— Oui, affirma-t-il. Tout à fait sûr. Dépêche-toi.

Il rentra dans la cuisine au moment où Kay débouchait sur la route. Il trouva Doll debout sur le pas de la porte : elle contemplait le cadavre de Ham avec des yeux agrandis par l'horreur.

— Vous êtes fou, dit-elle. Fou à lier !

Frank s'approcha de la table, attira une chaise à lui et s'y assit.

— Non, dit-il sans la regarder. J'ai tout mon bon sens. C'est la première fois depuis des mois. Peut-être même la première fois de ma vie.

*

Malgré la poisse, les embêtements et les avaros en tous genres, ça y était ! Il avait gagné ! Il se sentait gonflé à bloc.

Confortablement installé sur la banquette arrière de sa conduite intérieure, Flood tâtait du coude la panse rebondie du gros sac de toile posé à côté de lui.

Un demi-million de dollars ! Plus encore peut-être.

Rien n'avait pu l'arrêter ; pas plus Wally et son imbécile de Doll que Kosta et ses fantaisies de pochard pyromane en rupture d'asile, ni que Frank, Kay et les autres ; il avait triomphé de tous les obstacles.

D'ici une demi-heure il serait sur le chemin du retour, au volant de sa propre Cadillac. Quant à Roy et Wally... Ma foi, sitôt rentrés à la maison, il allait leur filer leur fade ; après, ils pourraient bien faire ce qu'ils voudraient, avec leur Doll ! Il s'en foutait, maintenant qu'il tenait le pognon.

Et Kay ? Kay et Frank ? Qu'ils aillent donc se faire voir aussi ces deux-là ! Ils ne l'intéressaient plus. Ce qui l'intéressait, c'était le grisbi ; et ça, il le tenait.

Absorbé dans ses pensées, il ne remarqua pas l'auto qui les croisa au moment où Wally s'engageait dans le chemin de terre.

Wally non plus n'y prêta guère attention, tout plongé qu'il était dans ses rêves dorés. Il ne savait pas au juste pour combien ils avaient ramassé, mais ça devait être pépère. Au moins cent mille dollars. Une paille ! Flood avait tout enfourné dans son sac, si bien que Wally n'avait pas pu se rendre compte au juste, mais il devait y avoir de quoi contenter tout le monde.

Roy aussi pensait à l'argent. Mais ça ne lui faisait pas oublier le reste. Il devinait l'état d'esprit où se trouvait Flood. Ce n'était pas difficile à voir. Il remarquait bien aussi que Wally était tellement surexcité par la réussite de ce coup fumant, qu'il ne pouvait plus penser à autre chose. Mais lui, Roy, ce n'était pas pareil. Il pensait surtout à Doll. Il la voyait, ligotée dans sa chambre, incapable de se défendre... Il laisserait les autres en bas et, pendant qu'ils iraient au fade, il monterait en douce lui faire une petite visite.

Wally se mit en code en approchant de la maison.

— Arrête dans la cour, ordonna Flood.

Wally obéit.

— Prenez le sac et portez-le dans la cuisine, reprit Flood.

Il sauta à terre et se dirigea vers la maison. Wally et Roy le suivaient, tenant chacun par une main le gros sac de toile.

Etait-ce à cause de sa surexcitation ? Ses nerfs survoltés le trahirent-ils ? Etait-il simplement trop occupé par la pensée de son triomphe ? Toujours est-il que le subtil sixième sens qui avait toujours mis en garde Flood contre le danger lui fit défaut cette fois-là.

En entrant dans la cuisine, la première personne qu'il aperçut fut Doll. Il vit ensuite Frank, debout dans un coin de la pièce, mais il ne remarqua probablement pas le fusil de chasse à deux coups que le jeune homme tenait à la main.

— Ça y est ! cria Flood d'une voix rendue stridente par la jubilation. On a gagné, mon bonhomme !

Wally et Roy s'encadrèrent derrière lui dans la porte.

— Doll ! s'écria soudain Wally. Mais qu'est-ce que tu fous...

Le hurlement de Doll lui coupa net la parole.

— Il a un flingue ! cria-t-elle. Faites gaffe au

flingue, bon sang ! Il a cassé le morceau aux flics. La poule est allée les chercher !

Tout en poussant ses clameurs, elle avait fait un bond vers Frank. Il avait déjà levé son arme, mais il dut reculer précipitamment. Au même instant, Roy tirait son 38, et se mettait à tirer d'où il se trouvait, c'est-à-dire juste derrière Wally.

Rapide comme l'éclair, Flood empoigna la table, la fit basculer et se planqua derrière. Son propre pistolet surgit au moment même où il mettait un genou en terre.

Frank n'eut pas le temps de viser. Son fusil était braqué dans la direction de Wally et de Roy. Il appuya sur la première détente, presque à l'instant où le 38 de Roy lâchait son tonnerre.

Avant d'avoir senti la balle qui lui labourait le biceps droit, Frank avait déjà actionné la seconde détente. Tirée à moins de trois mètres de la cible, la première décharge de chevrotines avait littéralement arraché la moitié de la figure à Wally. La seconde creusa un trou large comme une assiette dans la poitrine de Roy.

Flood ne tira que deux fois. Sa première balle pénétra dans la poitrine de Frank, du côté gauche, juste au-dessus de la sixième côte. La seconde lui perça l'estomac.

*

Quand Flood eut traîné le sac jusqu'au garage et l'eut chargé dans sa malle arrière, Doll était déjà installée dans la voiture. Il remarqua à peine la présence de la jeune femme. Il sortit du garage en marche arrière. En faisant demi-tour, dans la cour, il faillit emboutir la Ford au passage.

Très loin, à l'est, il entendait le hurlement rythmé d'une sirène…

CHAPITRE XI

Frank était allongé entre deux draps frais dans un petit lit de fer laqué blanc et son visage était presque aussi pâle que l'oreiller où sa tête reposait. Ils étaient tous partis : les deux médecins, l'infirmière et les autres… Ils le laissaient tranquille enfin, tous ; sauf toutefois l'homme qui restait assis sur la chaise de fer, contre le petit lit blanc.

Au fond, il n'était pas fâché de ne pouvoir ni parler, ni remuer et de n'avoir qu'à rester là, allongé, à souffrir en silence, tandis que l'effet de la morphine se dissipait peu à peu et que la douleur refluait en lui. Mais, sans avoir besoin de bouger, ni même de tourner la tête, il savait bien qui était cet homme soucieux de lui tenir compagnie avec tant de patience.

L'homme garda un long moment le silence, mais il se décida finalement à parler.

— Et voilà comment ça s'est passé, Frank. Il roulait à près de cent quarante à l'heure avec cette fille, dans sa Cadillac. Cent quarante, tu te rends compte ? Tu connais ce bout de route, juste au nord de Palm Beach ? Un sale chemin, je te jure. Eh bien ! il filait là-dessus à cent quarante. Nous n'étions pas loin de le rattraper quand il a donné un coup de volant sur la gauche pour dépasser une bagnole. Là, il s'est trouvé nez à nez avec un poids lourd qui arrivait de Miami. Le chauffeur a bien essayé de l'éviter, mais il n'y avait rien à faire. Ils se sont rentrés dedans de front. Le chauffeur du camion a eu de la veine : il s'en sortira.

Il s'interrompit de nouveau un long moment.

— C'était pas beau à voir, reprit-il enfin. Quand on a réussi à les sortir de la Cadillac qui avait pris feu, il n'était plus question de jamais les identifier. Pas plus l'homme que la femme. C'est curieux, hein ? la seule chose qui n'ait pas brûlé, c'est précisément le fric...

Il se leva, alluma une cigarette et sortit du champ visuel de Frank. Il avait un uniforme tout neuf et Frank nota, au passage, que décidément Waldo Harrington représentait très bien en uniforme.

— Oui, continua le policier, c'est à peu près tout, en somme. L'affaire est liquidée. Ils y sont tous passés, sauf les deux lascars qui ont saboté la centrale. Ceux-là, on n'est sans doute pas près de leur mettre la main dessus.

» Il y a encore autre chose... Le toubib ne voulait pas que je t'en parle pour ne pas te donner d'émotions en ce moment. Mais comme il paraît que tu vas bientôt être d'aplomb, il vaut quand même mieux que je te mette au courant. Il s'agit de ton oncle... Tu sais, celui qui était venu vous voir. Ça m'embête bien de te dire ça, mais quand ils sont arrivés chez toi, après s'être trompés de route, il a dû les déranger et ils l'ont tué. Ils lui ont défoncé le crâne à coups de crosse. Ça me fait de la peine pour toi...

Harrington jeta sa cigarette et se pencha au-dessus

du lit. Il avait l'air grave et impavide. Ce n'était pas du tout de cet air-là que Frank avait gardé le souvenir…

— Il y a encore un petit détail dont je voulais te parler, Frank, reprit-il. Ne dis rien, écoute-moi seulement. Tu te rappelles que j'étais passé chez toi, l'autre soir ? J'avais une petite bonbonne de gniole, tu te rappelles ? De la gniole de contrebande que deux gars de ma connaissance m'avaient refilée. Moi, tu vois, je suis un flic, j'ose même dire un bon flic, et, en tout cas, un flic honnête ; mais les flics de petits patelins comme ici, ça n'est pas pareil aux flics de grandes villes. On est peut-être plus coulants chez nous… Je ne sais pas… En tout cas, on n'est pas pareils. Il y a sans doute bien des gens qui trouveraient que j'ai eu tort dans cette histoire de gniole de contrebande. Ils pourraient dire que je n'ai pas fait mon devoir, que je devais embarquer les deux bonshommes… peut-être même que je me suis fait leur complice en les laissant filer et en acceptant un échantillon de leur camelote…

» Mais moi, je suis un flic de province, je te dis. Je ne vois pas les choses comme ça. Bien sûr, les gars n'étaient pas dans leur droit. Mais, d'un autre côté, je sais exactement ce qu'il en est, vois-tu. Leur camelote, ils vont la vendre dans le quartier nègre à un tas de pauvres bougres qui n'auraient pas les moyens d'acheter des produits de marque dans les magasins. Oh ! ils n'en vendent pas beaucoup. Tout juste de quoi vivre. Et grâce à eux, il y a pas mal de braves négros qui peuvent encore se payer de temps en temps une petite cuite, le samedi soir, malgré leurs salaires de famine. Ils n'ont pas tant de distractions !… Et la camelote n'est pas mauvaise, note bien. Ça ne les empoisonne pas. La preuve, c'est que j'en bois.

» Ils fabriquent ça en fraude, mais ils ne font pas fortune, tu sais. Alors moi, que veux-tu, je ferme les yeux et je fais celui qui ne sait rien. Ils n'ont pas raison, bien sûr, mais ce sont de braves gens et ils ne font de mal à personne.

» J'ai peut-être tort, mais c'est comme ça que je suis, moi. Je n'aime pas attirer des ennuis aux gens qui n'ont pas grand-chose à se reprocher...

Il acheva son discours, debout, au pied du lit, en regardant Frank droit dans les yeux, d'un air pensif.

— Ça n'empêche pas que la prochaine fois qu'ils me tomberont sous la patte, je leur dirai de ne plus s'y frotter. Je leur conseillerai de laisser choir, de peur qu'ils ne se trouvent embringués dans une histoire dont ils ne pourraient plus se sortir...

Il sourit en guise de conclusion et tapota doucement l'épaule de Frank Harper. Il fit demi-tour pour quitter la chambre, non sans ajouter :

— Je vais t'envoyer ta femme. Elle attend dehors. Elle a eu un sale moment à passer, mais maintenant qu'elle sait que tu t'en tireras, elle va récupérer. Ce n'est pas une femme ordinaire, tu sais, Frank. On n'en rencontre pas tous les jours des filles comme elle. Une vraie chance qu'elle soit justement tombée sur moi, quand elle est venue chercher du secours en ville...

» Oui, mon petit gars, elle t'attend...

DU MÊME AUTEUR

Aux Éditions Gallimard

Dans la collection Série Noire

RAPT, *n° 271*

EN MANGEANT DE L'HERBE, *n° 282*

Dans la collection Carré Noir

LES VORACES, *n° 403*

COLLECTION CARRÉ NOIR

Dernières parutions :

271.	Carter Brown	*Ferme ta malle !*
272.	Francis Ryck	*Effraction.*
273.	Carter Brown	*Banco bidon.*
274.	Carter Brown	*Diaphane en diable.*
275.	Carter Brown	*Ne pensez donc pas qu'à ça !*
276.	D. Henderson Clarke	*Beretti pas mort.*
277.	Carter Brown	*Le cochon qui rêvasse.*
278.	Henry Kane	*Embûche de Noël.*
279.	Carter Brown	*La tournée des cocottes.*
280.	Day Keene	*Graine de cimetière.*
281.	Carter Brown	*Magouilles à Macao.*
282.	Carter Brown	*Le marteau de Thor.*
283.	Carter Brown	*A saute-jarretelle.*
284.	John Trinian	*La baleine scandaleuse.*
285.	Carter Brown	*Les frangines en folie.*
286.	Ed McBain	*Le sourdingue.*
287.	Carter Brown	*Le tortillard des pauvres.*
288.	Carter Brown	*L'effeuilleur.*
289.	James Hadley Chase	*Meurtres au pinceau.*
290.	Carter Brown	*La veuve pognon.*
291.	John Spain	*La vie de famille.*
292.	Carter Brown	*La bande à bobos.*
293.	John MacPartland	*Survoltage.*
294.	Carter Brown	*Éclipse d'étoile.*
295.	Horace Mac Coy	*Adieu la vie, adieu l'amour.*
296.	Charles Williams	*La mare aux diams.*
297.	Raymond Chandler	*La dame du lac.*
298.	Steve Frazee	*La loi du jupon.*
299.	Stephen Ransome	*Elle en veut !*
300.	Carter Brown	*Coup de tête.*
301.	James Hadley Chase	*Question de flair.*
302.	William Irish	*L'heure blafarde.*
303.	Charles Williams	*Je t'attends au tournant.*
304.	Horace Mac Coy	*Un linceul n'a pas de poches.*

305.	Raymond Chandler	*La grande fenêtre.*
306.	Chester Himes	*Imbroglio Negro.*
307.	David Goodis	*La nuit tombe.*
308.	Carter Brown	*Au voyeur.*
309.	Dashiell Hammett	*La moisson rouge.*
310.	Ed McBain	*Après le trépas.*
311.	Chester Himes	*Tout pour plaire.*
312.	Ed McBain	*Cause toujours ma poupée.*
313.	Francis Ryck	*Les chasseurs de sable.*
314.	Carter Brown	*La jumelle en cavale.*
315.	Raymond Chandler	*Sur un air de Navaja.*
316.	David Goodis	*Le casse.*
317.	William Irish	*J'ai épousé une ombre.*
318.	Dashiell Hammett	*Sang maudit.*
319.	Chester Himes	*Dare-Dare.*
320.	Ed McBain	*Le sonneur.*
321.	Carter Brown	*Le cercueil capitonné.*
322.	James Eastwood	*Bas les masques.*
323.	Ed McBain	*Mort d'un tatoué.*
324.	Raymond Chandler	*Charades pour écroulés.*
325.	Chester Himes	*Ne nous énervons pas.*
326.	James Hadley Chase	*Tu crois pas si bien dire.*
327.	Carter Brown	*Billets de faire-part.*
328.	David Goodis	*Vendredi 13.*
329.	Ed McBain	*En petites coupures.*
330.	Carter Brown	*Hou les vilaines !*
331.	W. Richard Burnett	*Le petit César.*
332.	Raymond Chandler	*Le jade du mandarin.*
333.	Edmund Naughton	*Oh ! Collègue.*
334.	W. Richard Burnett	*Rien dans les manches.*
335.	David Goodis	*Sans espoir de retour.*
336.	Dashiell Hammett	*Le grand braquage.*
337.	Jim Thompson	*1275 âmes.*
338.	Samuel Fuller	*Shock corridor.*
339.	Jean Vautrin	*A bulletins rouges.*
340.	Viard et Zacharias	*L'embrumé.*
341.	Alain Reynaud-Fourton	*Les mystifiés.*
342.	Raymond Chandler	*Un tueur sous la pluie.*
343.	Dashiell Hammett	*Papier tue-mouches.*
344.	John MacDonald	*Les énergumènes.*
345.	Michael Avallone	*Orgies funéraires.*

346.	Dashiell Hammett	*Le sac de Couffignal.*
347.	Paul Paoli	*Les pigeons de Naples.*
348.	Jim Thompson	*Le démon dans ma peau.*
349.	Carter Brown	*Safari-Sapho.*
350.	James Hadley Chase	*La grande fauche.*
351.	Clarence Cooper	*La scène.*
352.	Pierre Siniac	*Les 401 coups de Luj Inferman'.*
353.	Francis Ryck	*L'entourloupe.*
354.	Alfred Harris	*Pile ou face.*
355.	Clifton Adams	*Le desperado.*
356.	Thomas Black	*Pain complet !*
357.	Peter Duncan	*Je suis un sournois.*
358.	Donald E. Westlake	*Un loup chasse l'autre.*
359.	Charles Williams	*Le pigeon.*
360.	Ed McBain	*Du balai !*
361.	Burt Hirschfeld	*Cochons de parents.*
362.	Ed McBain	*La hache.*
363.	Mark McShane	*L'inconnue.*
364.	Thomas Walsh	*Ronde de nuit.*
365.	David Alexander	*Terreur à Broadway.*
366.	Dashiell Hammett	*Le dixième indice.*
367.	Donald E. Westlake	*Pierre qui brûle.*
368.	Jean-Patrick Manchette	*Trois hommes à abattre.*
369.	Jean Amila	*Jusqu'à plus soif.*
370.	Dan Marlowe	*Blitzkrieg.*
371.	Donald E. Westlake	*L'assassin de papa.*
372.	Charles Williams	*Avec un élastique.*
373.	A.D.G.	*Cradoque's band.*
374.	David Goodis	*L'allumette facile.*
375.	Jonathan Latimer	*La corrida chez le prophète.*
376.	Ed McBain	*Le fourgue.*
377.	Carter Brown	*C'est pas triste !*
378.	James Hadley Chase	*File-moi une couverture.*
379.	Richard Matheson	*Les seins de glace.*
380.	John Godey	*Frissons garantis.*
381.	John D. McDonald	*Dans les plumes.*
382.	Jean Delion	*Quand me tues-tu ?*
383.	William P. McGivern	*La colère noire.*
384.	Michael Niall	*Un homme est passé.*
385.	J. Oriano	*B. comme Baptiste.*
386.	Carter Brown	*Envoyez la soudure.*

387.	David Goodis	*Les pieds dans les nuages.*
388.	Ed McBain	*On suicide.*
389.	Pierre Siniac	*Les sauveurs suprêmes.*
390.	J.-P. Manchette	*L'affaire N'Gustro.*
391.	Jean Seignard	*A la santé d'Adolphe.*
392.	John Trinian	*Mélodie en sous-sol.*
393.	Carter Brown	*Dansons la camisole.*
394.	Larry Holden	*Faridon en Floride.*
395.	Albert Simonin	*Une balle dans le canon.*
396.	Charles Williams	*Aux urnes les ploucs.*
397.	Jean Delion	*Pouce !*
398.	Francis Ryck	*Prière de se pencher au-dehors.*
399.	Samuel W. Taylor	*Comme un frère.*
400.	Jean Vautrin	*Groom.*
401.	Carter Brown	*Demain, on tue !*
402.	D. H. Clarke	*Strictement confidentiel.*
403.	Lionel White	*Les voraces.*
404.	Paul Cain	*A tombeau ouvert.*
405.	James Hadley Chase	*Passez une bonne nuit.*
406.	David Goodis	*Cauchemar.*
407.	James Gunn	*Tendre femelle.*
408.	Carter Brown	*Rocking Chéries.*
409.	Stanley Ellin	*La peur au ventre.*
410.	Victor Rosen	*Calibre 38.*
411.	Donald E. Westlake	*Pris dans la glu.*
412.	Peter Cheyney	*Comment qu'elle est.*
413.	Ed McBain	*Dix plus un.*
414.	Louis Malley	*La famille pied-de-bouc.*
415.	Jean Sareil	*Le pipelet n'a pas pipé.*
416.	Cledwyn Hugues	*La jambe de Caïn.*
417.	Thomas B. Reagan	*Le contre-casse.*
418.	Donald E. Westlake	*Le paquet.*
419.	Harry Whittington	*Casse-tête.*
420.	Peter Cheyney	*Vous pigez ?*
421.	Ed McBain	*Tout le monde sont là.*
422.	Pierre Siniac	*Pas d'ortolans pour La Cloducque.*
423.	Charles Williams	*L'ange au foyer.*
424.	Jean Amila	*La lune d'Omaha.*
425.	Richard Neely	*Le tourmenteur.*
426.	Viard & Zacharias	*Le roi des mirmidous.*

427.	Jim Thompson	*Un chouette petit lot.*
428.	J.-P. Bastid	*Méchoui-massacre.*
429.	J.-P. Manchette/Bastid	*Laissez bronzer les cadavres*
430.	Jeffrey Ashford	*Pièges à flics.*
431.	James Hadley Chase	*Tu me suivras dans la tombe*
432.	Peter Cheyney	*Les femmes s'en balancent.*
433.	Ed McBain	*80 millions de voyeurs.*
434.	Van Hamme	*Largo Winch et le groupe W.*
435.	Geoffrey Home	*Pendez-moi haut et court.*
437.	Charles Williams	*Vivement dimanche.*
438.	Harry Whittington	*Vingt-deux.*
439.	Peter Cheyney	*La môme Vert-de-gris.*
440.	Ed McBain	*Les heures creuses.*
441.	J. Oriano	*O.K. Léon.*
442.	James M. Cain	*Dans la peau.*
443.	Robin Cook	*Crème anglaise.*
444.	Dick Francis	*Panique au pesage.*
446.	Alan Green	*Un drôle de corps.*
447.	Ed McBain	*Branle-bas au 87.*
448.	Jim Thompson	*Deuil dans le coton.*
449.	Joe Gores	*Hammett.*
450.	Carter Brown	*Tous au pageot.*
451.	B.-J. Sussman & J.-P. Manchette	*L'homme au boulet rouge.*
452.	Richard Matheson	*De la part des copains.*
453.	Ed McBain	*Entre deux chaises.*
455.	Curt Cannon	*Faites donner le Cannon.*
456.	Dan Marlowe	*Sus aux sangsues.*
457.	William P. McGivern	*Sans bavure.*
458.	Charles Williams	*Mieux vaut courir.*
459.	Jean Amila	*A qui ai-je l'honneur ?*
460.	James M. Cain	*Le bluffeur.*
461.	Dolores Hitchens	*Dans l'intérêt des familles.*
462.	Thomas Reagan	*Un job en or.*
464.	Carter Brown	*Cash-sex.*
465.	Harry Longbaugh	*Soyons Régence.*
466.	Michael Maltravers	*La maladie de Chooz.*
467.	Ed McBain	*N'épousez pas un flic.*
468.	A. D. G.	*Je suis un roman noir.*
469.	Peter Cheyney	*A toi de faire ma mignonne.*
470.	Richard Neely	*Meurs mon amour.*
472.	Thomas Reagan	*La dernière virée.*

473.	Marc Behm	*Mortelle randonnée.*
474.	James Hadley Chase	*Ce n'est pas dans mes cordes.*
475.	W. R. Burnett	*Donnant donnant.*
476.	Ed McBain	*Faites danser le cadavre.*
477.	Francis Ryck	*Le testament d'Amérique.*
478.	Alex Varoux	*Un globule dans la Tamise.*
479.	José Giovanni	*Le ruffian.*
480.	Martin Brett	*Sables-d'or-les-pains.*
481.	Stanley Ellin	*A double tour.*
482.	Pierre V. Lesou	*Le Doulos.*
483.	Kenneth Royce	*Du ciment dans les bottes.*
484.	Peter Cheyney	*Cet homme est dangereux.*
485.	R. Croft-Cooke	*Au charbon, les hommes.*
486.	Alec Coppel	*L'assassin revient toujours.*
487.	Jean-Patrick Manchette	*Que d'os !*
488.	Emmanuel Errer	*Saint Tropez oil company.*
489.	Andrew Coburn	*Un dimanche de flic.*
490.	Michael Avallone	*Pan partout.*
491.	Kevin Fitzgerald	*E pericoloso sporgersi.*
492.	Dorothy B. Hugues	*A jeter aux chiens.*
493.	Bill Pronzini	*Le coup tordu.*
494.	Carter Brown	*Du beau monde au balcon.*
495.	Robert Holland	*Ça sent le fauve.*
496.	Oliver Jacks	*La seconde de détente.*
497.	Henry Kane	*A la trappe les nababs.*
498.	W. R. Burnett	*Le Samson de l'Ouest.*
499.	James Hadley Chase	*Ça ira mieux demain.*
500.	William P. McGivern	*Quand les poulets ont des dents.*
501.	W. L. Heath	*Les inconnus dans la ville.*
502.	William O'Farrell	*Pieds humides.*
503.	Patrick Mann	*La grande pagaille.*
504.	William Mole	*La bosse du crime.*

Impression Bussière à Saint-Amand (Cher),
le 23 novembre 1983.
Dépôt légal : novembre 1983.
Numéro d'imprimeur : 719.
ISBN 2-07-043505-9 / Imprimé en France